田舎の青年
ILLUST
タジマ粒子
1
JN031373
閃光の冒険者
ADVENTURER OF FLASH
モンスター文庫

リリー・カムリア
《ツンデレ魔法使い》
レイ・フォン・アインズベルク
《魔法使い》

オリビア・ブリッジ
《魔法剣士》

レイ・フォン・アインズベルク
「ねぇお兄様、これ触ってもいい？」
様々な色の光の蝶は、
レイの周りを囲むように舞っている。
まるで、天使と光の妖精が戯れている、
光のパレードのようだ。

閃光の冒険者①

田舎の青年

閃光の冒険者

ADVENTURER OF FLASH

CHAPTER

タイラント大平原
霧の湖
ゲルガー公爵領
ランパード公爵領
首都
皇族直轄領
アインズベルク公爵領
カナン大帝国
バルクッド
テール草原
魔の森
天龍山脈
大渓谷
アルメリア連邦
ルーヴェン山脈
リオン王国
ブレスデン公国
ルル侯国
獣人国
フロレンティ連合国
太古の大森林
カリオス教皇国

第1話：始まり

俺の名前は【アルテ・フォン・アインズベルク】。

世界で三本指に入るカナン大帝国の侯爵家次男として生まれ、今年で十年。

俺が住んでいる大陸は「エルドレア」と言い、カナン大帝国、アルメリア連邦、カリオス教皇国の三大国家＋他の中小国家で形成されている。

我が大帝国はその中で最も軍事力が高い。また人口は約五億人で、人間以外にもエルフやドワーフ、獣人など様々な種族が暮らしている、言わば多種族国家である。


事の発端は、昨日教会で受けた選定の儀だ。

選定の儀とは、十歳を迎えた全大帝国民が受けなければいけない儀式で、自分の魔法適性を知るための国を挙げた一大イベントである。


人族は基本的に、属性魔法と言われる《火・水・土・風》の四つのうちのどれかに適性がある。一つしか適性がない者が多く、四つの属性すべてに適性がある者も少数ながらいる。

それとは別に無属性魔法が存在し、これに関しては魔力操作を練習すれば誰でも使用することができる。

また人族では稀（まれ）に固有魔法と言われる、この世界で固有魔法所有者にしか使えない魔法に覚醒する者がいる。固有魔法に覚醒する者は覚醒者と呼ばれ、その数はごく僅（わず）かであり、およそ五百万人に一人とも言われる。

カナン大帝国民は五億人もいるので、覚醒者は百人ほど存在すると考えられる。

そして昨日、アインズベルク侯爵領にある教会へ、侯爵家当主である親父と共に選定の儀を行うために訪れた。

すぐに選定の儀が行われると、神父が驚愕（きょうがく）した表情で告げた。

「アルテ様は固有魔法《光》に覚醒しました。おめでとうございます」

その場には侯爵家傘下の貴族達だけでなく、大勢の人間が集まっていたので、ザワザワと騒がしくなった。

敵対派閥の貴族達は、常識的に考えてハズレの魔法を授かった俺に、侮蔑（ぶべつ）の視線を向けてきた。

「あんな使えなさそうな魔法を授かるなんて……」

「アインズベルクにも陰（かげ）りが見えてきましたな」

「これは今後が楽しみですなぁ」

一部の者達が好き放題言っているようだが、俺にとっての問題はここからだ。

選定の儀を受けた時、一瞬世界が止まったように錯覚するほど強烈な頭痛に襲われた。これは元々親父から聞いていたのだが、ここで倒れたりしたら親父に心配をかけてしまうので歯を食いしばって必死に耐えた。

そして固有魔法《光》に覚醒したと同時に前世の記憶を取り戻し、自分が転生者であると自覚した。

前世は「佐久間悠人」という名前で、そこそこの大学へ進学し、二十二歳の時に事故で亡くなった。

知っていて当たり前の知識や勉強した内容は覚えているものの、家庭環境や友人などの人間関係は思い出せなかった。

綺麗にその部分だけ記憶から消えていたので、偶然思い出せなかったのではなく、必然的なものだと考えられる。

前世の記憶を思い出せた瞬間、全能感が己を満たした。

俺は初めての感覚に酔いしれた。

この世界で魔法を使用する場合、その属性の概念や法則を理解することで技のレパートリーが増えたり、魔法を発動する際に必要な魔力量が減る。

つまり、前世の知識を応用することでかなり有利になるのである。

そして選定の儀が終わり、現在帰りの馬車の中で、前世の知識と固有魔法《光》の組み合わせを考えている。

隣には現アインズベルク侯爵である親父の【カイン・フォン・アインズベルク】がおり、対面には専属執事の【ケイル】が喜びを露わにしていた。

二人ともめっちゃニヤニヤしていた。もうルンルンである。

「いやぁ、昔からアルは他貴族の子女とは一線を画して優秀だとは思っていた。しかし、まさか固有魔法に覚醒するとはな」

「さようでございますな、御当主様。固有魔法の覚醒者は魔力量が大幅に増えるのと引き換えに、他の属性魔法が使えなくなるというデメリットがありますが、それを考慮しても強力なものです」

「でも、それは使いこなせればの話だろう？」

「アル様なら必ず使いこなせると確信しております」

「そうだな。俺もそう思う」

「二人とも暢気だな」

「そう言うな、アル。話は変わるが選定の儀の時の頭痛は、倒れるものが多くいるほど酷い。

よく耐えたものだ」

「だって倒れたら親父とケイルがショックで倒れちゃいそうじゃないか」

「その通りだな！　ハッハッハ！」

二人とグダグダ話しながら帰路につくのであった。

帰宅後には、実の母で侯爵家の夫人である【アリア・フォン・アインズベルク】と実の兄であり次期当主の長男【ロイド・フォン・アインズベルク】、実の妹であり長女の【レイ・フォン・アインズベルク】が覚醒者になったことを大喜びしてくれた。

「覚醒者になれただなんて凄いじゃないの、アル！　自慢の息子よ！」

「アルは昔から完璧だったけど、まさか固有魔法に覚醒するなんて……。本当におめでとう！」

「アル兄様はさすががね！　今度魔法見せてね！」

「皆ありがと。でも使いこなせるかは、まだわからん」

「確かに固有魔法の習得は難しいと言われているけれど、アルなら大丈夫よ」

「とりあえず頑張ってみるわ」

魔法のプロフェッショナルである母ちゃんが言うのなら、実際そうなのかもしれない。

ここでレイがキラキラした目で、魔法について聞いてきた。

「ねぇねぇアル兄様、ちなみにどんな固有魔法なの？」

「《光》の固有魔法だ」

「なんかピカピカして楽しそうだね！」

「そうだな」

母ちゃんと兄貴もウンウンと上機嫌で頷いている。

ぶっちゃけた話、この世界の《光》のイメージは精々太陽光や、植物が成長する時に必要なモノ、とかそのくらいだろう。そのため当たりかハズレかと言われれば、間違いなくハズレだ。

まぁ、それは前世の知識を持っていない場合の話だがな。

しかし、そんなの関係ないとばかりに我が家族達やケイルは喜んでくれた。やっぱり俺は周りに恵まれているんだと再確認できた。

親父と母ちゃんは重度の親バカであり、それを継いだのか、俺達兄妹も非常に仲がいい。

兄は魔法や剣術が苦手だが、とても穏やかで器が大きいので周りに信頼されている。

妹に関しては、小さい頃から家族で甘やかしまくったので、俺達と両親にとても懐いている。

また、親父と母ちゃんは共に二十八歳で、兄貴が十二歳、俺が十歳、妹が九歳である。

ちなみにそれぞれ全員に専属執事か専属メイドがついており、俺の専属執事である【ケイル】については御年四十五歳である。

親父は昔、カナン大帝国の近衛騎士団の副団長を務め、現在は総勢十万人が所属しているアインズベルク侯爵軍総師をしている。母ちゃんはカナン大帝国軍の魔法師団に所属していた時、師団長まで上り詰めたらしいが結婚を機に辞職し、子育てに専念している。二人ともめっちゃすごいのである。

ちなみに俺は次期当主になるつもりはなく、兄貴にすべて押し付けるつもりだ。

しかし、家族や使用人達はとても大切に思っている上に、領民にも感謝しているので戦争が起きたら全力で戦うと決めている。

第２話：この世界の仕組みと固有魔法《光》

実家に帰宅してから家族と夕食を済ませた後、大浴場の風呂に入りながら自身の今後について考えた。

覚醒者は、その固有魔法と無属性魔法以外使えなくなる。しかし魔力量が膨大に増えるのでそれらを上手く使いこなせれば、面倒事を正面から叩き潰せるほどの力を手に入れられる。どのくらい増えるのかというと、個人差はあるが十倍以上だ。

この国にも他国のスパイが隠れているかもしれないので、俺が覚醒したことは世界中に知られていると思った方が良い。じゃあなぜ、あの公の場で神父が発表したのかというと、この世界の覚醒者とは、元の世界で言う「核兵器と同一の存在」だからである。

大々的に覚醒者がいると発表することで、事前に戦争を防ぐ「抑止力」になるのだ。

もちろん、カナン大帝国もそんな抑止力をみすみす逃すわけがない。明日には帝都から使いが来て、軍への勧誘や将来の確認をされるのである。

「はあ、面倒くさ。でもカナン大帝国も覚醒者の機嫌を損ねたくないだろうから適当に相手して、しばらくは魔法と剣術の鍛錬でもするかな」

抑止力として求められるのには理由がある。

帝国に侵攻する方法は二つ。一つ目は海から攻めること。二つ目は天龍山脈にある大渓谷を通ってくることだ。


カナン大帝国は大陸の西側に位置しており、北、西、南側は海に面している。

そして東側は天龍山脈に囲まれているので、ほぼ独立していると言っても過言ではない。

これが、カナンが世界で三本指の大帝国に上り詰めた大きな理由の一つである。

この国で唯一大渓谷に面しているのがアインズベルク侯爵領であり、過去の他国の侵攻をすべて返り討ちにしている。またその功績により、伯爵から侯爵に陞爵された。という経緯があるので、アインズベルク侯爵家は他とは一線を画して有名であり、皇族からの信頼も厚い。

昔、うちが伯爵家だった時の名残でアインズベルク侯爵家は別名「辺境伯」と呼ばれており、唯一他国からの侵攻がある。そのため、国防の要とされており、でっかい要塞があったり、戦争が起こった時は親父の独断で対処できるのである。


他国が攻めてきた時に、いちいち帝都にいるお偉いさん達に確認を取ってるほどの時間はない。そこまで甘くないのだ、戦争は。

また人数も馬鹿みたいに多い。カナン大帝国軍は主に海軍と陸軍が存在するのだが、この陸軍において、アインズベルク侯爵軍は二番目の規模を誇る。詳しく説明すると騎士団五万、魔法師団五万の総勢十万だ。

ちなみに一番大きい陸軍は、帝都を中心に活動している帝国軍である。その規模約二十万。騎士団十万、魔法師団十万で合わせて二十万。

政治における発言力も大きいので、アインズベルクに正面切って喧嘩を仕掛ける馬鹿はいない。もしそんなことをしたら、皇族や他の大貴族からも睨まれることになる。

「でも俺はどこかの軍に所属する気はないし、戦争の心配がないほど落ち着いたら冒険者として世界中を旅したいな。一人じゃ寂しいから、人間の相棒を探すか従魔でも仲間にするか」

翌朝、早起きしたのでケイルに朝食を持ってきてもらい、ボサボサの髪を揺らしながら食べた。

食事中、どうせ一人で話し相手もいないので、ずっと固有魔法《光》について考えていた。

固有魔法は、世界中でもそれぞれの固有魔法所持者しか使えないので、他の属性魔法や無属性魔法と違って魔法書が存在しない。自分で魔法を創って行使するしかないのである。

ちなみにこれには例外があり、先祖代々同じ固有魔法を継承している一族なんかもいたりする。

確か帝都にいる《付与》魔法の覚醒者がこれに該当する。彼らのおかげで、帝国内にかなりの数の《付与》つき魔導具や武器、防具が出回っているので、皆に感謝されている。うちにもいくつかあるので、家族全員重宝している。

また、俺は属性魔法や無属性魔法を使う気満々だったので、侯爵領にある大図書館や実家にある書斎に入り浸り、すべての本を網羅した。

そしてすでに、元魔法師団所属の母ちゃんから魔力操作の方法や無属性魔法を教わっていて、無属性魔法もいくつか習得したが、特に難しいと言われる〈身体強化〉の魔法はまだ使えない。

しかし、小さい頃から親父の指揮する侯爵軍騎士団の訓練を眺めたり、たまに参加したりしているので、そのうち使えるようになると思う。

ちなみに母ちゃんも時々侯爵軍の魔法師団に顔を出しているらしい。元師団長なので、一目置かれているのだろう。

結局、属性魔法が使えなくなったので、学んだことは十分に発揮できない。でも敵と戦う上で、敵はどんな攻撃をしてくるのかを予想することは重要なので、損にはならないだろう。

「昨日寝る前にちょっと固有魔法のことを考えたが、前世の知識と組み合わせると中々ヤバいものになりそうなんだよな」

朝食を終え書斎に向かっていると、兄貴であるロイドと出くわした。

「おはようアル。今日も一段と髪がボサボサだね。ふふっ」

「おはよう兄貴。やかましいわ」

「そういえば兄貴、《光》って聞いたら普通何を思い浮かべる？」

「おや、優秀な弟はもう固有魔法のことを考えているのか。そうだね、申し訳ないけど太陽と月の光が存在するのと、植物が光を吸収して育つことくらいしか思い浮かばないよ」

「だよなぁ。やっぱりあまり応用が利かないかもしれないな」

「でも僕は、アルが覚醒者として超一流になると確信しているよ。ついでに侯爵家の当主も継いでくれると助かるんだけどね」

「ありがと。絶対嫌だから断るけど」

「それは残念だなあ。でも頑張ってね、応援しているよ」

「ああ」

その後、ケイルと騎士団の護衛数名を連れて大図書館へ行き、過去の覚醒者についての資料を読み漁り、その日は終わった。

第3話：この固有魔法が結構ヤバい件について

それからしばらくは大図書館と書斎、騎士団と魔法師団の訓練場に入り浸る日々を過ごした。

この前親父と話している時に、思い出したかのように聞かれた。

「ロイドみたいに魔法も剣術も家庭教師をつけてやろうか？　俺が頼めば誰でも引き受けてくれるぞ？」

「全部自分でできるからいい。侯爵家の威光のおかげで、大図書館や侯爵軍の訓練場には勝手に入って勝手に学べるから。誰にも邪魔されたくないし。ていうかそもそも、覚醒者の家庭教師なんて雇えないだろ。あと剣術や〈身体強化〉の魔法に関しては、親父を含めた騎士団の人達に教わればいいし」

「そ、そうか。でも帝国では十五歳になったら学園に入学する義務があるからな。それまでの五年間は自由に過ごしなさい。何かあれば力になるからすぐに相談するんだぞ」

「わかった、ありがとう。あ、そういえば学園に入るための勉強を教える家庭教師も雇わなくていいから。この前過去問みたけど、たぶん独学で余裕だと思う」

「お、おう」

まあアルだからな。と語尾につきそうな感じで会話が終わった。

そして選定の儀から一ヵ月ほど経ったある日、固有魔法《光》で実現できそうなことを前世の知識を踏まえて画策(かくさく)した。

まず真っ先に思いついたのが、〈レーザービーム〉である。

光を収束し、一瞬で標的を蒸発させて、切断する技だ。

というか、一瞬でも敵の目に収束した光をレーザーポインターのように当てるだけで、目つぶしになると思う。それで敵を回復のポーションか《水》属性の治癒魔法で治すまで、失明した状態にできる。非常に凶悪である。

次は兄貴も言っていた光合成。これは普通なら無理。なぜなら俺は植物ではないからだ。

生物は魔力を消費しても、呼吸や食事をしているだけで魔力が回復していく。

しかし、覚醒者はその固有魔法の属性への親和性が非常に高いため、俺は外で日光を浴びれば、普通の人の何十倍も速く魔力を回復できるのである。覚醒者になってから、日光を浴びている時にすこぶる調子がいいのは、この性質のおかげであると考えられる。

しかも魔力操作で近くの日光を自分に収束させることもできるので、日中はいつでも魔力回復薬を滝のように浴(あ)びているようなものなのだ。

ちなみに夜も一応月の光を浴びられるので、これを上手く収束させれば、魔力の回復スピードを上げられる。もちろん、昼に比べて効率は非常に悪いが。

その次に思いついたのは、〈光学迷彩〉だ。これは自分の周りの光の屈折率を弄ることで、自分の後ろの景色をダイレクトに見せる技だ。

あと魔力操作が及ぶ範囲内を探知する技、〈光探知〉。

これから成長するにつれて探知範囲内の生き物の魔力量や大きさ、形などがもっとハッキリとわかるようになり、探知できる範囲も広げられる気がする。

そして剣術や体術で戦う上で、爆発的な活躍をすると思われるのがこの二つ。

〈光速思考〉と〈光速反射〉だ。これは脳や体の神経の伝達速度を光速にする。

〈光速思考〉では、視界に移る世界のスピードがスローになる。このほぼ止まったような世界の中で戦闘を進めることができる。

極めつけは〈光速反射〉だ。もし敵の攻撃が体に近づいたら、その瞬間に《光》魔法を発動して、弾くことができる。

光には目に見えない紫外線と赤外線というものがあり、赤外線カメラや赤外線通信、赤外線トラップなどの応用ができるだろう。

赤外線を通せば光のない暗闇であっても、暗視スコープのように視認できるのである。

また、前世の映画でもよく赤外線トラップが出てきたので、それを設置すれば離れていても自動で引っ掛かったものを認識できるはず。

赤外線通信や紫外線についても、時間をかければ何らかの応用ができるかもしれない。

「よし、じゃあとりあえず昼に〈レーザービーム〉と〈光学迷彩〉を実践して、夜になったら屋敷の庭で赤外線の実験でもしてみるか」

現在ちょうど昼なので、誰もいない魔法訓練場に入り、指先に少し魔力を集める。まずは自分の魔力で作り出した光を収束させて的に放つ。

すると当たった場所が焦げた。次はもっと魔力を込めて放った。そしたら的を貫通して訓練場の外壁も貫通しそうになったので、急いでキャンセルした。

全力の魔力を出したり、日光を利用したり、日光を利用したりすると、とんでもないことになると予想できたので、やめておいた。日光を利用し、もっと光を収束させ上空に放ち、魔法で反射させ、雨のように地面に降り注がせたらどうなるか。

「これはマジでやばいな。覚醒者が対国家に対して抑止力になる理由がわかった気がする」

ちなみに〈光学迷彩〉は昼夜関係なく発動できた。

夜になってから赤外線の実験を行ったら、やはりこれも成功した。高温の物ほど強く視認できるので、ちょっと楽しい。

赤外線トラップも一応できた。しかし、なんとなくわかるのだが、遠く離れた場所に設置しても起動できないと思う。

だが、この世界には離れていても起動できる魔法陣というものが存在する。

「まだ作り方はわからないが、赤外線トラップ用の新しい魔法陣の作成に挑戦するか」

もし魔法陣が完成すれば、アインズベルク侯爵邸の防衛力が格段に上がる。

貴族とは常に敵が多い存在なので、これから平穏な生活を送るためにも、是非完成させておきたい。

第3・5話：家族と訓練

選定の儀から、半年後のある日。アインズベルク侯爵軍の訓練場にて。

母ちゃんが杖を構える。

「〈ロックブラスト〉！」

大量の石礫が目にも止まらぬスピードで放たれ、約二十メートル先に設置してある的に直撃した。的は跡形もなく吹き飛び、辺りに破片が散らばった。

「ふぅ……。こんなものかしら」

俺とレイ、兄貴の三人は拍手をしながら賞賛の声を上げた。

「すごいな。さすが母ちゃんだ」

「お母様カッコいい！」

「やっぱり、元大帝国軍所属の魔法師は伊達じゃないね……」

「うふふふ、ありがとう。貴方達なら、練習すればすぐにこの練度の魔法くらい撃てるようになるわ」

今日は家族全員で訓練を行う日だったが、現在親父が用事で不在なので、俺達三人はまず母ちゃんに魔法を教えてもらう。

　レイが首を傾げる。

「あれ？　この前、侯爵軍魔法師団の訓練で同じ魔法を使っているのを見たけれど、お母様の方が威力が高いような気がする」

「いい所に気が付いたわね、レイ。理由を一から丁寧に教えてあげるわ。アルとロイドも復習がてら聞いて頂戴」

　三人はコクコクと頷く。

「まず魔法の威力は、基本的に魔力量に比例するの。どんな馬鹿でも魔力量が多ければ、威力の高い魔法を放つことができるわ。もちろん効率は最悪だから、すぐに魔力切れに陥っちゃうけどね」

「新人冒険者がやりがちなミスなんだっけか」

「そうよ。貴方達も街中で見かけたことがあるでしょ？」

「若い魔法師がぐったりした姿で運ばれてるの見たことあるよ」

「あれって、魔力の使い過ぎが原因だったんだね！　私も気を付けなきゃ！」

　新人冒険者が魔力の使い過ぎで魔力切れに陥るのは、業界あるあるなのだ。人々に温かい目を向けられながら、治療所に運び込まれるまでがセットである。

　あと当たり前の話すぎて誰も触れていないが、母ちゃんの魔法の威力が高かったということは、それすなわち魔力量が多いということである。

母ちゃんは話を戻した。

「次は魔法の階級について説明するわ。魔法は主に〔初級・中級・上級・超級・絶級・禁忌級・終焉級〕にレベル分けされるの。ほとんどの人が〔初級〕しか使えなくて、〔中級〕まで使えるようになれば、一人前と言ってもいいわね」

「お母様は何級まで使えるのー？」

「私は《水・土》属性に適性があって、両方〔超級〕まで使えるわ」

「すごーい！」

「こう見えて元大帝国軍魔法師団の師団長だからね」

母ちゃんは、自慢げに鼻をフフンと鳴らした。

魔法師団に入るには、いずれかの属性が一つでも〔中級〕まで使えることが条件である。さらに経験や実績を踏まえて階級が上がっていき、最も優秀な人だと、最終的には団長まで上り詰める。

これを聞けば、元大帝国軍魔法師団の師団長だった母ちゃんが、どれほど凄いのかが良くわかるだろう。

現在俺達は魔法のエキスパートから授業を受けているのである。

レイは続けて問う。

「そもそも、〔絶級〕を扱える魔法師っているの？」

「私の知り合いに何人かいるけれど、人族は基本的に〔絶級〕までしか使えないわ。長い歴史の中で〔禁忌級〕の魔法を使った魔法師は、一応何人か存在したの。でもすぐに亡くなったか、発狂して廃人になってしまったらしいわ」

「へぇー。なんか怖いね……」

レイは両手で自分を抱き、身震いしていた。言っちゃなんだが、ちょっと可愛い。

これは博識の兄貴も初耳だったようで、少し驚いている。

「ねぇお母さん。『人族は』ってことは、もしかして〔禁忌級〕を扱う魔物がいるってこと？」

「ええ、その通りよ。超高位の魔物であれば、保有する膨大な魔力量に物を言わせて使うことができるわ」

「例えば……」

と言いながら母ちゃんは体の向きを変え、天龍山脈を指さした。

「あそこを住処にしている、ＳＳランクの龍とかね」

俺達はゴクリと生唾を呑んだ。

　母ちゃんは重い雰囲気をぶち壊すように、両手をパンッと叩いた。

「最後は属性魔法の種類についてよ。本当は全部教えてあげたいのだけれど、いかんせん数が多すぎて日が暮れちゃうから、少しだけ紹介するわね。《火》属性を例にあげると、初級であれば〈ファイアボール〉、中級であれば〈ファイアアロー〉、上級であれば〈ファイアランス〉などが挙げられるわ」

「さっきお母様が放った〈ロックブラスト〉は何級なの？」

「あれは中級よ。レイが選定の儀を受けた後、ちゃんと教えてあげるからね」

「わーい！」

　兄貴は徐に呟いた。

「僕は《火》にしか適性がないなんて、次期当主として情けないよ……」

「兄貴は他で十分カバーできるんだから、そんなに卑下しなくてもいいだろ」

「でもさぁ。もし戦争が起こったら、僕は次期当主として戦地に赴かなきゃいけないんだよ？」

「ゴリゴリ武闘派の最強婚約者を見つければいい」

「えぇ……」

　兄貴の得意分野は主に頭を使うことだからな。苦手なことを伸ばすのも、もちろん大事だ。

だが長所を伸ばして短所を補うのもありだと思う。

「では早速実践に移るわね。と言っても、魔法を放つ練習ではなく、魔力操作の練習よ。まずは魔臓の辺りに手を当ててみて」

俺達は胸に手を当てた。

「では目を瞑（つむ）って頂戴」

「何か不思議な力を感じる！」

「それが魔力よ。そのまま全身に流してみて。最初は難しいと思うけれど、少しずつ流せるように頑張りましょうね」

「はーい！」

ちなみに魔臓とは、魔力を蓄積する器官である。この世界では心臓や肝臓と同じく、当たり前に存在しているモノなので、母ちゃんからの説明は特になかった。

魔力に関しても同様だ。魔力とは生命の根源であり、この世界では空気や重力と等しく、この世の理とバランスを保つために星の中心から溢（あふ）れ出していると言われている。これも常識中の常識である。

「これって簡単そうで割とムズイよな」

「うん。僕も習得するまで一ヵ月は掛かったよ」

「これで躓いちゃう人も結構いるのよね。すぐにできる人は天才中の天才よ。将来は絶対に歴史に名を残す魔法師になれるわ」

「私、頑張る！」

「その意気よ」

魔力を全身に流せるようになるまで、俺も二週間くらい掛かった。俺の魔法の才能は中の上くらいだと考えているので、才能に恵まれた人であれば、数日で習得できるのかもしれない。

「母ちゃんはどのくらいで習得したんだ？」

「はっきりとは覚えていないのだけれど、確か三日くらい掛かった気がするわ」

「「おー」」

我らがお母様は、若い頃から片鱗を見せていたらしい。

魔力操作の練習を開始してから約三十分後。

レイはなぜか一度練習を止め、満面の笑みで言った。

「できたー！」

「「え？」」

母ちゃんは動揺しながらレイに問う。

「できたって、まさかもう全身に魔力を流せるようになったの？」

「うん！」

「ちょっと胸に手を当ててもいいかしら」

「いいよ！」

「そのまま流してみて頂戴」

二人は目を瞑る。

すると、少しずつ母ちゃんの表情が驚愕に染まっていった。恐らく本当に成功しているのだろう。

「なぁ兄貴。レイ控えめに言ってヤバくないか？」

「激ヤバだね……。まさかこんな所に魔法の大天才が潜んでいたとは……」

頭脳明晰な兄、覚醒者の俺、魔法の鬼才であるレイ。癖が強いとかいうレベルじゃない三兄妹がここに爆誕した。

「努力次第では、きっと伝説級の魔法師になれるわよ、レイ！」

「私、伝説の魔法師になれるように頑張るよ！」

前世でも、歴史に名を残すような天才は、一パーセントの才能と九十九パーセントの努力が必要だという名言があった。

この世界でも、怠惰が原因で才能を腐らせてしまう輩がわんさかいると聞く。だがレイに関しては大丈夫だろう。逆に、俺が彼女の心配をすること自体が烏滸がましいくらいだな。

俺達も喜んだ。


「おめでとう、レイ。今日は最高の日だな」

「レイ！　さすが僕達の妹だ！　きっと将来は世界に名を轟かせる魔法師になれるよ！」

「お兄様達、ありがと！」

兄として、妹の成長を非常に嬉しく思えた。なんというか、感慨深いな。

「予想外のことが起きたけれど、落ち着いて次に移りましょうか。本当はレイには魔力操作の練習を続けてもらう予定だったけれど、ロイドとアルに混ざって〈身体強化〉の練習をしてもらうわ。〈身体強化〉は無属性魔法に分類されるから、まだ選定の儀を受けていないレイでも習得できるしね」

「わーい！」

「なぁ兄貴。レイが俺達よりも早く覚えたらどうする？」

「……ノーコメントで」

勘違いしないで欲しいのだが、俺も兄貴も別に嫉妬しているわけではない。俺達はレイを天使の如く可愛がっており、彼女が魔法の才能を開花させたことを本当に嬉しく思っている。

だが、嬉しさと同時に不安もある。妹であるレイに、カッコ悪いところを見せたくないからだ。

なんせ、俺も兄貴もまだ〈身体強化〉が使えないからな。俺はまだしも、次期当主である兄貴は色々と思うことがあるのだろう。

例えば、本当に自分が次期当主でいいのだろうか、とかな。

「〈身体強化〉は私の得意魔法の一つだからね。三人とも習得できるように、丁寧に教えてあげるわ」

母ちゃんは全身に〈身体強化〉を纏い、訓練場を駆けまわった。いつ発動したのかわからないほどスムーズだったな。


「あれ、馬より速いんじゃないか？」

「うわぁ。素手で的を粉々にしているよ……」

「お母様カッコいい！！！」

「レイなら今日中に使えるようになるんじゃないか？」

「そうそう。レイは魔法の大天才だからね！」

「さすがに今日は無理だよぉ」

「とりあえず、帰ったらパーティを開こう」

「いいね。僕も賛成だよ」

「恥ずかしい……」

　顔を赤らめ、恥ずかしがるレイは尊いのである。

　母ちゃんの講義は続く。

「身体に服を着る感覚に近いわね。服と言う名の魔力を、薄く纏（まと）うの。練度が高ければ高いほど、スピード・パワー・防御力が上がっていくからね。軍に入るのであれば、ほぼ必須の技能だと言っても過言ではないわ」

　母ちゃんは近距離戦もイケるのだ。普段使用している魔法杖を駆使して戦う。離れれば魔法で狙撃され、近づけば杖術でボコボコにされるのだ。

　敵からすれば悪夢のような話だろう。

「兄貴も魔法剣士を目指しているなら、〈身体強化〉は必須だな」

「そういうアルも、魔法だけの一辺倒になりたくないって言ってなかったっけ？」

「どんなに強力な魔法が行使できても、近距離まで接近される度にピンチに陥ってたら、ダサいからな」

「だよねぇ」

「レイは〈身体強化〉の練習をした後、母ちゃんから杖術(じょう)を習うのか？」

「うん！　その予定だよ〜」

「そうか。杖はどうするんだ？」

「昔、お母様が愛用してた杖を貸してくれるんだって！」

「なるほど。じゃあいつか、良い杖をプレゼントしてやるからな」

「やったー！」

いくら母ちゃんが愛用していたとは言え、レイに普通の杖を使わせるのは勿体ない。強力な杖を使えば、レイはきっとこれ以上に化けるはずだ。

「では練習を開始するわよ」

俺は全身に流れる魔力を少しずつ放出した後、身体の周りに魔力の層を形成した。ここまではできるのだが、毎回この先で失敗する。

母ちゃんの〈身体強化〉は繊細(せんさい)で美しい。多大な魔力を薄く延ばし、本当に衣服のように纏っている。密度も高く、燃費も良さそうである。

しかし、俺の〈身体強化〉は酷く効率が悪い。まず密度が低く、分厚い。まるで冬用のコートを着ているような感じだ。燃費も悪く、防御力も低い。どうにか圧縮し、薄く延ばしたいのだが、いかんせん上手くいかない。

「一応〈身体強化〉と言えば、〈身体強化〉なんだけどな」

「そうね。でも密度が低いと燃費が悪いし、スピード・パワー・防御力のすべてが劣ってしまうから、密度を高くできるように頑張りましょうね」

「頑張るわ」

　兄貴とレイを一瞥すると、二人とも苦戦していた。兄貴は置いといて、この感じだとレイも最低数日は掛かりそうだな。何事においても焦りは禁物だから、ゆっくり成長して欲しい。成長が極端に早すぎても、逆に変な癖が付いてしまいそうなので、このままでいい。

　兄貴が両手をブラリと下げ、呟いた。

「上手くいかないなぁ」

「帝立魔法騎士学園の入試まで、あと二年以上はあるんだ。現役で学園に通っているほとんどの貴族子女達でも習得できていないだろうし、そんな気にすることでもないだろ。なぁレイ？」

「うん！　ロイド兄様は他が凄すぎるから、別に大丈夫だと思うよ？」

「ありがとう、二人共。ちょっぴり元気が出たよ」

という兄妹のやり取りを、母ちゃんは優し気な眼差しで見ていた。貴族家によっては、跡取り問題が原因で兄妹同士がギスギスしている所も結構ある。

それに比べ、うちは仲が良いからな。恐らく大帝国の中で最も仲良しと言っても過言ではないと思う。

俺とレイは次期当主を継ぎたくない派なので、兄貴に感謝しているくらいだ。普段の親父を見ていれば、当主の仕事がどれほど大変なのかよくわかる。

それから約一時間後。

「ん？　なんか掴めた気がするな……」

「〈身体強化〉だけに留まらず、魔法の核心っていうのは、急に掴めるモノよ。その調子で頑張りなさい、アル」

「おう」

今までは魔力の層を外側から押し潰し、密度を高めるイメージでやっていたが、上下左右すべての面から圧縮するイメージで試したら、少しだけ上手くいった。

レイや兄貴も頑張っていることだし、俺もそろそろ結果を出さないとな。

さらに一時間後。

「できた……？」

その呟きを聞いた母ちゃん達が集まってきた。

「見た限りでは成功しているようだけれど、実際に動いてみないとわからないわ」

「アル兄様凄い！」

「アルもレイも立派だねぇ……グスン」

まだ成功したとは限らないから、うれし涙を流すのをやめて欲しい。

こういうのは勢いが大事だと思うので、一気に全速力で走ってみる。

「うおっ。はやっ！」

母ちゃんや親父と比べればまだまだだが、一応成功のようだ。よかった。

「いいなー！　いいなー！」

「我が弟妹達は、成長が早いなぁ。鼻が高いよ」

「また一歩、高ランク冒険者に近づいたわね、アル」

俺は太陽光から魔力を補充できるので、この燃費の良さであれば、無限に発動し続けられる気がする。

俺が〈身体強化〉を完成させた所で、今度は属性魔法・覚醒魔法を放つ練習に入った。

レイは俺と兄貴を眺めつつ、〈身体強化〉の練習を続けている。

「残念だけれど、私は《火》属性魔法と《光》魔法が使えないから、お手本を見せてあげることはできないわ。だから各々頑張って頂戴。ロイドに関しては、家庭教師のお手本を思い出して、練習に励んでね」

「わかった」

「了解だよ」

兄貴は約二年後の学園入試に向けて、何人かの優秀な家庭教師を雇っているのだ。今日は家族で訓練をしているが、普段は家庭教師と励んでいる。

ようやく固有魔法の練習ができる。別に他の練習も良いが、やはり《光》魔法を使っている時が一番楽しい。

俺は昂る気持ちを抑えつつ、練習を開始した。

「〈光の矢〉」

矢は風を切りながら直進し、的を貫通した。

弱めに撃ったので的を貫通した後、矢は消滅した。

本気で放つと、的の後ろにある壁をも貫き、遥か彼方まで飛んでいってしまうからな。

「〈ロンギヌスの槍〉」

次は大きめの光槍を放つ。

的は一瞬で消滅した。もちろん光槍もだ。

魔法を生成する時に大事なのは、魔力操作とイメージだ。「光槍」の魔法を創りたいと考えた時、真っ先に頭に思い浮かんだのが、前世の〈ロンギヌスの槍〉だった。

イメージを魔法に落とし込むため、魔法名もそのままにした。


兄貴も負けじと魔法を放った。

「〈ファイアボール〉！」

火球は的を半分ほど焦がし、消えた。

「ロイド。もう少し魔力を込めて放ちなさい。パワーとスピードが上がるわよ」

「わかったよ！」

一通り魔法の練習をし終えると、レイが駆け寄ってきた。

「お兄様達カッコよかったよ！　私も早く属性魔法を使えるようになりたい！」

「レイならきっと、全属性使いになれるさ」

「そうそう。大陸中で騒がれる存在になるだろうね」

「えっ？　全属性使いって、覚醒者よりも貴重だって言う、あの全属性使い？」

「ああ。それだ」

「えー！！」

「レイなら、全然不思議な話ではないわね。うふふ」

母ちゃんは口に手を当て、上品に微笑んだ。

その後も休憩がてら、四人で雑談をした。


兄貴が《光》魔法をリクエストした。

「ねぇねぇ、アル。あの光の槍みたいな魔法をもう一度見せてくれない?」

「おう。いいぞ」

せっかくなら、さっきよりも数を多く展開するため、俺は魔力操作に意識を集中させる。

「〈ロンギヌスの槍〉百重展開」

光槍を百本生成し、真上へ飛ばした。それらは雲を突き破り、遥か上空へ消えた。

「すごーい!」

レイは素直に喜んでくれたが、兄貴と母ちゃんは顔を青くしていた。

「アル……魔力は大丈夫なのかい?」

「魔力切れになると思って、私もヒヤヒヤしたわ」

「あー」

俺は二人に何て説明しようか悩む。難しすぎても混乱するだけだからな。

「俺は魔力操作の及ぶ範囲であれば、すべての光を操れるんだ。だからさっきの魔法は、俺の魔力で生成したように見えたと思うんだが、実は違う。あれらは周囲の光を収束させて生成した魔法なんだよ」

「そうなのね……。では魔力をほとんど使っていないということかしら」

「母ちゃんの言うとおりだ。ちなみに太陽光からも魔力を摂取できるから、仮に自分の魔力で生成しても、一瞬で回復できるから大丈夫なんだ」

「へぇ～。《光》魔法って凄いんだね」

「じゃあ、もっと見せて貰えるってこと？」

「ああ。レパートリーは豊富だからな。飽きるまで存分に見せてあげられるぞ」

「やったー！」

　その後も様々な魔法を、レイが飽きるまで披露した。

　レイに魔法を一通り見せ終わった後、母ちゃんが俺に聞いてきた。

「ねぇアル」

「ん？」

「選定の儀の時、もしかして敵対勢力の貴族に色々と言われたんじゃないの？」

「あー。確か、使えない魔法だの、アインズベルクの未来は暗いだの言われていた気がするな。しかも、これは今後が楽しみだなぁとか、めっちゃ皮肉めいたこともボソボソと言ってたわ。興味ないから全部無視したけどな」

「そうだったのね。でもアルの魔法は、攻撃以外にも様々な応用が出来るんでしょう？」

「おう。まだ誰にも見せてないけど、裏で色々開発してる最中だ」

「攻撃魔法ですらあれほど強力なのに、それ以外もできるなんて万能型になれそうね。これは陰口を叩いていた敵対貴族達も顔が真っ青ね。ふふふ」

母ちゃんは怪しい笑みを浮かべ、自慢げな表情をした。


と、そこへ使いの騎士がやってきた。

「アリア様。カイン侯爵様から御伝言を預かっております」

「聞かせて頂戴」

「はっ。『今日は忙しくて行けそうにないから、剣術の訓練はまた明日にしてくれ』だそうです」

「わかったわ。ご苦労様」

「では私はこれにて」


「アルとロイドを放って、レイにだけ杖術を教えるのも申し訳ないから、今日はここまででお開きにしましょう。ロイドもお勉強したそうな顔をしているしね」

「賛成。剣術は絶対親父に教わりたいし、また明日に延期で良いと思う」

「僕も賛成かな。ここだけの話、実は宿題が溜まってるんだよね」

「私も賛成！　帰っておやつ食べたい！」

「おやつはダメよ。夕食が食べられなくなっちゃうでしょ？」

「ぶー」

レイは頬を膨らませた。

「不服そうな表情のレイも可愛いねぇ」

「同感だ。かなりレアだから、余計に可愛い」

「ほら、変なこと言ってないでさっさと屋敷に戻るわよ」

俺達は屋敷に戻り、各々の作業へ向かった。

その日の夕食にて。

「……という感じで、今日は三人共頑張ったのよ」

「なに⁉　アルが〈身体強化〉を完成させただけでなく、レイが初日で魔力操作に成功しただと？　情報量が多すぎて混乱しそうだが、まずは良くやったな二人とも。あとロイドもな」

「おう。これでやっとスタートに立てた」

「お父様に褒めてもらっちゃった！」

「僕は相変わらず一歩遅れているけど、これからも頑張るよ」

兄貴の一言を聞いて、親父は溜息を吐いた。

「なぁロイド。国ってのは、戦闘力の高い脳筋ばかりでは成り立たないんだ。もちろん、貴族もだ。だからロイドみたいな学問の天才が一人いるだけで、このアインズベルク領は安泰なんだよ。正直うちの戦力は十分足りてるからな。誰が何と言おうと、お前が適任なんだ」

「そうよ、ロイド。このお馬鹿さんだって、私が補助をしてあげなければ、事務の一つだってこなせないんだからね」

「それは言わなくていいだろう……」

母ちゃんの言う通り、この親父は事務仕事が苦手なのだ。

「でもさぁ。戦争が起きたら僕が兵を率いなきゃいけないんでしょ？」

「別に戦わなくてもいいんだ。前線で指揮を執るだけで十分だぞ。軍は指揮官が優秀であれば優秀なほど、屈強になり犠牲者も減る。俺は脳筋だからいつも最前線で味方を引っ張るが、普通指揮官は戦わない」

「それはそうだけどさ。お父さんに比べると、やっぱり頼りにならないよね」

「じゃあ最強の嫁さんでも娶ったらどうだ？　信頼できる人が側にいるだけで心強くなるもんだぞ」

「アルと同じこと言わないでよ……」

「はっはっは！」

夕食後はすぐ風呂に入り、その日は終了した。

翌日。アインズベルク侯爵軍の訓練場にて。

「レイはこっちへおいで。杖術を教えてあげるからね」

「はーい」

「まずは〈身体強化〉なしで、剣術を教えるからな。二人とも付いて来いよ？」

「昨日サボったくせに良く言えたもんだ」

「仕事はしょうがないけど、僕達昨日ずっと楽しみにしてたもんね」

「それはすまなかったって……。昨日だって謝ったんだし、そろそろ許してくれよ」

何やら親父がブツブツと文句を言っている。

あと気恥ずかしくて本人には言えないが、実は俺は親父の剣術を尊敬している。

親父は護りに特化した剣術を得意としている。まさに努力の剣なのだ。

天才の扱う鋭い剣術も良いが、ピンチになった時頼りになるのは、やはり経験と努力を積み重ねた剣術なのである。

「言葉で説明するのはちと苦手だからな。一人ずつかかってこい。一撃でも俺に入れられればお前達の勝ちだ」

「わかった。じゃあまずは俺から」

「アルがんば～」


俺と親父は向き合い、木剣を構える。

「いつでもいいぞ」

親父は余裕そうに言った。

俺は足に力を込め、地を蹴った。一撃入れるには、あの鉄壁の護りを崩さなければならない。

まずは普通に仕掛け、親父の護りの癖を見抜く。

「ふっ！」

素直な上段斬りからの斬り上げ、突きからの横一閃、フェイントを挟んでからの袈裟斬り、逆袈裟。

先ずは、基礎的な剣術で攻める。もちろん、こんなのでは親父は崩せない。

若い頃から実直に剣術を積み重ねてきた親父の護りは、まさに鉄壁と言えよう。アインズベルク侯爵軍は昔から防衛戦が多いので、ピッタリである。

そもそも巨漢である親父と、十歳の子供である俺では間合いが違う。

どうにかして懐に潜り込みたい。

「くっ……」

「どうしたんだ、アル。もっと激しく攻めてこい」

「剣戟中に喋るなんて、余裕だな！」

「やっと、やる気を出したな！」

今まで以上に攻め立てる。すると、あることに気が付いた。

親父は足元の攻撃に弱い。普段俺みたいなチビの相手をしないからか、慣れていないのだろう。攻撃を剣で弾くのではなく、毎度バックステップで躱している。

勝機はここにある。

時間が経てば経つほど、俺の勝率は下がる。なぜなら、攻めより護りの方が体力が温存できるからだ。このままでは俺の体力と集中力が先に切れる。

足元を攻撃する時、今まで接近しなかったがタイミングを見計らい、一気に距離を詰める。

「甘いぞ、アル」

親父はこれを読んでいたようで、バックステップするどころか、前に躍り出た。

その結果、俺の間合いが狂ってしまった。

親父は片足を突き出し、俺はそれに躓いて転んだ。

地に這いつくばりながら、悪態をつく。

「このクソ親父め……」

「はっはっは！　狙いは良かったとだけ言っておこう」

俺は立ち上がり、兄貴とバトンタッチした。

「次は僕の番だね。今日こそは一本取ってみせるよ」

「よし、来い！　ロイド！」

二人の剣戟を見学しつつ、一瞬だけレイと母ちゃんの方を見た。

レイは杖術の才能もピカ一なようで、母ちゃんを豪快に攻め立てていた。ギャップ萌えである。

彼女が学園にいけば、その魅力に惹かれてきっと悪い虫が寄り付くと思うので、そういう連中をシバくためにも、より一層成長して欲しい。

レイが弱点なしの完璧超人になる日も、そう遠くはないのかもしれない。

親父との剣戟を、俺と兄貴は何度か交代で行った。

「兄貴がんばー」

「ロイド兄様頑張ってー！」

「ロイド、その調子よ」

座って見学していたら、休憩中のレイと母ちゃんもやって来たのだ。

「レイ、杖術の手ごたえはどうだ？」

「いい感じだよ！　剣よりも手に馴染むし、使いやすいよ！」

「そうか。近距離がダメな魔法師はたくさんいるが、レイは大丈夫そうだな」

「うん！　選定の儀まで属性魔法が使えないから、それまで〈身体強化〉を駆使した杖術を極めようと思っているの！」

なるほどな。俺もいい計画だと思う。

「じゃあ、早く〈身体強化〉を覚えなければな」

「だね！　何かコツとかない？」

「レイは今、どんなイメージで発動してるんだ？」

「えーっとね。魔力層の密度を高くするために、上から押し潰して圧縮するイメージで発動してるんだ！　お母様みたいに薄く綺麗に伸ばしたい！」

俺とまったく同じ所で躓いてるな、こりゃ。

「レイ。俺もそこで躓いてしばらく藻掻（もが）いてたんだ。だから今から、コツを教えてやる」

「わーい！」

「上だけじゃなく、上下左右すべての面から押し潰し、密度を高めるイメージだ」

「この後練習してみるね！」

「おう。焦らずゆっくりやればいいからな」

「うん！」


約二時間後、俺と兄貴は地面に倒れ伏していた。

「もう全身に力が入らないよ、アル」

「同じく」

「二人ともよく頑張ったな。明日は〈身体強化〉を使った剣戟（けんげき）訓練をやろう」

「親父が使ったら、俺達死ぬんだけど」

「さすがに使わないぞ。元々筋力差があるのに、これ以上差を広めてしまえば、元も子もないだろう」

「で、本音は？」

「俺も〈身体強化〉を使って、お前達と熱い戦いを繰り広げたい！」

「だと思ったわ」

「〈身体強化〉って言うワードを出してから、なんかウズウズしてたもんね、お父さん」

そこへ母ちゃん達がやって来た。

「お疲れ様、皆」

「なぁ母ちゃん。親父は明日〈身体強化〉を使って、俺達をイジメる予定らしい」

母ちゃんは親父をギラリと睨んだ。

「それ、本当なのかしら？」

「本当だよ！　さっき意気揚々と語ってた！」

兄貴もノリノリである。

「え？　いや、そんなことは……」

母ちゃんは怒りの形相を浮かべ、言った。

「あとでゆーっくりとお話しましょうね？　ア・ナ・タ」

「お前達裏切ったな！」

俺と兄貴とレイは、夕食の話で大盛り上がりで、知らんぷりを決め込んだ。

「今日の夕飯、何だろうな」

「メインディッシュは、確かテールバイソンのシチューだった気がするよ」

「やったー！　レイあれ好きなんだ～」

「肉がホロホロで美味いよな。パンにつけて食うと、さらに美味い」

「「ジュルリ」」

兄貴とレイは涎を垂らした。

その日の夕食後、俺は湯に浸かりながら、考え事をしていた。

最近は自身や兄妹達の成長が著しく、非常に嬉しい。

豆のできた手のひらを眺めつつ、呟く。

「俺ももっと頑張らなくてはな……」

最低でも、家族を含めた大切な者達を守れるくらいの実力が欲しい。

熟考の末、結局俺は自身の切り札になりうる広範囲魔法の練習を開始する決意を固めた。

その時、全裸の巨漢が侵入してきた。

「ようアル」

大帝国の『鬼神』こと、親父である。

「今日実際に剣を合わせてみて思ったのだが、お前はきっと良い剣士になれる」

「なんか忘れてそうだから言っておくけど、俺一応魔法師だからな？　《光》魔法の覚醒者だし」

「……そうだった」

「てか、変なこと聞いていいか？」

「バッチこいだ」

「結局、最強の剣って何なんだ？」

「割と簡単な質問だな。それは『自由の剣』だ」

「自由の剣？　なんだそりゃ」

「焦らなくてもいい。アルなら、そのうちわかる」

「そっか」

俺はいつのまにか、親父の護りの剣＝理想の剣だと勘違いしていたようだ。俺も経験と努力を積み重ねた、自由の剣を見つけたい。


翌日。俺は早速〈身体強化〉を身に纏い、親父に猛攻を仕掛けていた。

「……やるじゃないか、アル」

「変なことは考えず、自由に剣を振ると決めたんだ」

「昨日とは段違いだな！」

「そりゃどうもっ！」

今日は親父も攻撃を仕掛けてきたので、ようやくまともな剣戟が成立した。

今までは親父を攻めるだけだったが、今回は護りも経験できる。

実は護りの剣と攻めの剣、どちらを極めればいいのか迷っていたのだが、今になって結論が出た。

両方極めればいいのだ。

「アル、まだまだ甘いぞ！　もっと脇を閉めろ！」

「五月蠅いぞ、アホ親父！」

とくだらない言い争いを交えつつ、激しい剣戟を続ける。

攻めすぎれば隙をつかれ、カウンターをくらう。逆に護りすぎれば徐々に追い詰められ、傷が増えていく。

この戦いで学ぶことは非常に多い。

うちには剣術のプロフェッショナルである親父と、魔法のスペシャリストである母ちゃんがいる。それにレイや兄貴など、共に研鑽を積んでくれる仲間がいる。これほど環境が整っている学びの場が他にあろうか。

数分後、相も変わらず俺は地面に倒れ込んでいた。

「クソ親父め……」

「はっはっは！　見違えたなアル。まるで別人のようだったぞ。さぁ次はロイドだ。時間を無駄にしている暇はないぞ！」

「ひぃぃぃ」

地に伏したまま顔を横に向けると、レイの動きが数倍速くなっていた。

「あれはまさか……。〈身体強化〉か？」

俺がやっとの思いで習得した魔法を、レイは数日で身に着けたようだ。

この長い歴史の中でも、恐らくレイはトップクラスの才能を持っている。

しかもアインズベルク侯爵家長女と言う、オプション付きで。

「俺も負けちゃいられないな」

休憩中。

「レイ。〈身体強化〉が使えるようになったんだろ？　おめでとう」

「レイ、それほんと？　凄いじゃないか！　今日もパーティだね！」

「うん！　実はさっきできるようになったの！　アル兄様のアドバイスのおかげでね？」

「アドバイスなんて関係ないぞ。レイが努力した結果だからな。何かご褒美をあげなければな」

「じゃあ、後で《光》魔法いっぱい見せて！」

「いいぞ」

「やったー！」

親父と母ちゃんは俺達の邪魔をしないように気を使って、少し離れた場所で温かい視線を送っている。

「子供達の成長スピードは凄まじいな。アインズベルクも安泰だ」

「頭脳明晰なロイドに、覚醒者のアル。そして魔法の大天才であるレイっていう、ある意味極端な兄妹だけれど、互いに切磋琢磨して本当に偉いわ」

「親として鼻が高いな」

「そうね。うふふふ」

その日の夜、パーティが開催された。

「アル兄様～。これ食べてぇ」

「ん？　ああ、人参か。そういえばレイは人参が苦手だったな。全部食べてやるから、俺の皿に乗っけてくれ」

「ありがと～」

レイは人参をポイポイと俺の皿に乗せていく。

そこへ母ちゃんが来た。

「こらアル。レイを甘やかさないの」

「まぁいいじゃないか。普段頑張っているんだし、少しくらいわがままを言っても」

「もう……。今日だけよ？」

「えへへ～」

レイを存分に甘やかしていると、両手に骨付き肉を持った、暑苦しい酔っ払いオジサンもこちらへ来た。


「おい、アル！　もっと肉を食え、肉を！」

「さっき死ぬほど食べたから大丈夫だって」

「そんなんじゃ大きくなれないぞ？」

「親父みたいな巨漢にはなりたくないんだが。俺目立つの嫌いだし」

「なんだと！」

「お父さん完全に酔ってるね。顔が真っ赤だよ」

「いやー。久しぶりに良いワインを開けたら、止まらなくなってしまったんだ」

奥のテーブルを見ると、百年物の超高級ワインがスッカラカンになって横たわっていた。

「それって、母ちゃんが楽しみにとっておいたやつじゃないか？」

「へ？」

それを知った親父は、素っ頓狂（すっとんきょう）な声を上げた。顔が青白くなり、完全に酔いがさめてしまったようだ。

「あーあ。やっちゃったね」

「お父様、ドンマイ！」

親父の後ろには、魔王よりも恐ろしい顔をし、長い髪を逆立てた母ちゃんが立っていた。

俺が〈身体強化〉を習得してから約二ヵ月後。

兄貴も無事使えるようになり、それまでとは数段上のレベルの訓練を行っている。

最近は親父も母ちゃんも忙しく、家族全員で訓練を行うことはほぼなくなってしまった。

また今日は兄貴が座学の日なので、現在俺はレイと二人で訓練場へ向かっている。

「杖術の家庭教師はどうだ？」

「うーん。さすがにお母様には一歩劣るけど、教え方が上手だし優しいよ！」

俺はよくレイの訓練を見学するのだが、彼女の成長スピードは凄まじく速い。

そのため、この調子ではすぐ家庭教師が変わると思う。もっと高レベルの家庭教師にな。

別に今の家庭教師が悪いわけではないので、勘違いしないで欲しい。

彼女もレイの成長に貢献してくれた一人なのだから。

訓練場に到着後、そこには二人の男女が待機していた。

一人がレイの家庭教師で、もう一人が今日俺の相手をしてくれる男だ。

彼の名は【マルコ】。アインズベルク侯爵軍の現副団長である、超エリート騎士さんだ。


「アルテ様。お待ちしておりました」

「今日も悪いな、マルコ。忙しいだろうに」

「いえいえ、今日は定休日ですので」

「尚更悪いな……」

まさかの休日出勤だった。

親父が軍で、俺の相手をしてくれる者を応募したら、マルコが真っ先に食いついたらしい。

面倒を見てもらっている身で言うのも何だが、少し変わり者だと思う。

木剣で素振りをしながら、俺は問う。

「今更なんだが、何で応募してくれたんだ？」

「アルテ様は、未来の侯爵家を担う重要な御方ですから。もちろんロイド様とレイ様も同様です」

「俺は将来、冒険者志望なんだが」

「しかし、もしアインズベルク侯爵領がピンチに陥った際には、すぐに駆け付けてくれるでしょう?」

「それはそうだが……」

「ふふふ。その事実があるだけで十分ですよ」

アインズベルクは普段、こういう人々に支えてもらっているのだろうな。感謝してもしきれない。


俺達はすぐに剣戟を開始した。

「アルテ様！　足元が少々疎かですよ！　それでは強い衝撃に耐えられません！」

「わかってる！」

「わかってないから、そうなってるんでしょうが！」

俺はマルコの横一閃を受け、バランスを崩した。

「甘い！」

「うぉッ」

そのまま木剣を弾き飛ばされ、俺は尻もちをついた。木剣は空中で弧を描き、地面に突き刺さった。

マルコが木剣を納め、片手を貸してくれた。

「悪いな」

「いえいえ。それよりもアルテ様は、攻撃や護りに集中しすぎて、足元が疎かになっており身体の重心がグラつきすぎですよ。冒険者として活動される際には、人族よりもよっぽど力のある高ランクモンスターを相手にすることがあると思います。ですが今のままでは、簡単に吹き飛ばされてしまいますよ？」

「その通りだ。気を付ける……」

ぐうの音も出ないとは、まさにこのことである。なんと情けない。

その日から、俺は剣術に明け暮れる日々を過ごした。

「アル兄様頑張れー！」

「アルテ様！　レイ様が応援してくれているのですから！　もっと根性を見せてください！」

「ぐッ。わかってる！」

主にこの鬼教官と共に……。

「アル。最近頑張っているらしいな。副団長のマルコからよく聞くぞ」

「あー、マルコか……」

「はっはっは。アイツは普段優しいが、訓練の時は鬼になるからな。存分に相手をしてもらえ。それが成長につながる」

「数年以内には追いつけるように頑張るわ」

母ちゃんは優しく微笑み、言った。

「アルならきっと追いつけるわよ」

「僕も見習って頑張ろっと」

「毎日お兄様達と訓練できて私嬉しい！」

屋敷に帰れば、この温かい家族と共に食事ができるから、俺は毎日頑張れる。

運が良いことに、俺の周りには親父や母ちゃん、マルコのような、これ以上ないと言えるほどの手本がある。

環境は十分整っているので、後は俺がどれだけ頑張れるかにかかっている。

無理のない範疇で剣術と魔法の訓練を両立させ、兄貴やレイと共に、これからも精進していきたい。

第4話：俺はシスコンではない

それからしばらく自身の成長を感じながら、何日も魔法と剣術の研鑽（けんさん）に明け暮れる日々を過ごした。

ある日の朝、部屋に妹のレイが押し掛けてきた。

「アル兄様！　おはよー！」

「おはようレイ。どうしたんだ？」

「魔法見せて欲しいの！　ピカピカして綺麗なやつ！」

「わかったよ」

固有魔法《光》に覚醒してからというものの、庭や訓練場で頻繁（ひんぱん）に練習をしていた。

そのため使用人や侯爵軍の人達にも見られて少し噂（うわさ）になっていたのだ。

そこで、ちょっと体をピカピカさせたり、〈光学迷彩〉で体の一部を消したりして見せた。

「すごーい！　もっと見せてー！」

「ふむ……。ではこんなのはどうだ？」

次に俺は様々な色の光の蝶々を手のひらから生み出し、レイの周りを囲むように飛ばした。

するとレイは何も言わずに光のパレードを見つめていた。驚きすぎて言葉が出ないのではなく、完全に自分の世界に入っている。まぁ、要するに目一杯楽しんでくれているわけだな。

数秒後。

「ねぇお兄様、これ触ってもいい？」

「それは光だから実体がなくて触れないんだ。すまん」

「そうなんだね。でもきっと頑張れば触れると思うの！　えいっ、えいっ」

なんて微笑ましい空間なのだろうか。まるで天使と光の妖精が戯（たわむ）れているかのようである。

今度プロの画家に絵を描いてもらおう。もちろんその絵は俺の部屋に飾らせてもらう。

「《光》魔法って色んなことができて面白いね！　また今度遊んでね！」

「ああ、いつでも遊ぼう」

「やったー！　アル兄様大好き！！！」

と、目をキラキラさせながら抱き着いてくる妹は本当に可愛いのである。よし、あとで飴ちゃんをやろう。

これは決して妹をもっと喜ばせたいとか笑顔が見たいとかではない。

その後、使用人から料理長に話を通して、飴ちゃんどころか大量のお菓子を持っていかせたのであった。

ここで少し詳しく家族の紹介でもしておこう。

まずは我が家の大黒柱である親父からだ。

現侯爵家当主の親父は、総勢十万にも及び、国防の要であるアインズベルク侯爵領軍の総帥をしている。

得意なのは〈身体強化〉と〔上級〕まで使える《風》魔法を駆使した剣術で、親父が十八歳の時に参加したアルメリア連邦との国防戦では一騎当千の活躍をみせた。

今でも【鬼神】という異名で各国から恐れられている。


次は親父を尻に敷いており、実質我が家の権力を握っていると言っても過言ではない母ちゃんについてだ。

母ちゃんは侯爵家の反対側で、帝都の先にあるケルベル男爵家長女として生まれた。帝都の魔法学院を卒業後、すぐに帝国軍魔法師団に入団して、当時近衛騎士団に所属していた親父のハートを射止めて、見事正妻という地位を確立した。

カナン大帝国の貴族は基本的に正妻の他に妾が何人かいたりする。それは尊い血を残していくという視点で重要なのだが、うちの母ちゃんがそれを許すハズもなく……。

まぁ結果として覚醒者である俺と、跡継ぎであり器のでかい兄貴、天使であるレイを産んだので誰も文句なんて言えたものではない。

我が両親も、努力家な上に優秀なのである。

次は兄のロイドだ。

兄貴は魔法と剣術が苦手だが、勉学は家庭教師が舌を巻くぐらい優秀だ。

それに、優しいし器がでかい。両親は二人とも顔立ちが整っているので、その血を引いた兄貴は、穏やかなイケメンなのである。

兄貴は次期侯爵家当主なので、最近は他貴族との交流を深めるべく、お茶会に参加している。

一度その様子を見かけたのだが、他貴族の令嬢達が肉食獣のような目つきで兄貴を見ていた。

ご愁傷（しゅうしょう）様である。

それに次期当主ということは、学園をいい成績で卒業しなければならない。

もし魔法や剣術の才能が開花したら、学園の後に帝都の魔法学院か騎士学院にも入学させられると思う。主に両親によって。

このように、次期当主という面倒くさいレッテルを貼られても、嫌な顔一つしない。

それが器がでかい我が兄、ロイドだ。

次は皆さんお待ちかね、我が家の天使レイである。

レイは少しやんちゃで天真爛漫だ。母ちゃんの血を引いているので、もちろん顔も整っており、めっちゃ可愛い。将来は美人になること間違いなし。

そしてもう一度言おう。彼女は短期間でカナン大帝国軍の、魔法師団師団長にまで上り詰めた母ちゃんの血を色濃く引いている。

要するに魔法の適性がとても高い。母ちゃんとの魔力操作の練習の際には、非常にスムーズに行っている。あれは間違いなく、天才の部類である。

今年行われる選定の儀が楽しみだ。

おまけに俺の専属執事であるケイルも説明しておこう。

彼は元々帝国軍騎士団に所属していたらしい。

俺が知っているのはこのくらい。

親父はケイルのことをよく知っているのだが、特に俺は聞かされてないし、俺から聞いてもいない。彼とは現状でも良い信頼関係が築(きず)けているので、今のままで満足している。

一言で表すと、謎ジジイである。

この謎ジジイは、目つきや仕草、体の動かし方が完璧なので一目でただ者ではないとわかる。

それから二年の時が流れ、俺は十二歳となった。

兄貴は来年帝都の学園へ入学するために勉学に励んでいる。

妹のレイは、一年前に無事選定の儀を済ませたのだが、なんと全属性魔法の適性を授かり、大帝国内で一時期話題になった。

ちなみに無属性魔法は〈身体強化〉を含めて、ほとんど習得したらしい。恐ろしい天使である。

俺は〈身体強化〉を習得するのにかなりの時間を費やしたが、妹はすんなりと使えるようになったのだ。本物の天才とはこういうモノなのか……。

そんなある日の午前中、俺は侯爵軍副団長であるマルコと剣を合わせていた。

「アルテ様はまた強くなりましたね！　たぶん一般兵なら三人相手にしても余裕ですよ！」

「剣戟中にっっっ！　余裕ぶりやがってっっっ！」

お互いに〈身体強化〉を駆使しながら、結構本気で模擬戦をしていた。まあ本気なのは俺だけで、あちらは余裕そうだが。

俺は長剣を使い、マルコは短剣を使っている。もちろん両方木刀だ。

そしてしばらくして、俺の剣が弾き飛ばされた。

「アルテ様の剣術は、基本の型を軸にしているんでしたっけ？　それにしては動きに違和感がありますね」

「気づいたか。覚醒者の力を使わない時は基本の型を軸にしているんだが、使う時は自己流の型を使ってるんだ」

「なるほど、二段階に分けることで相手を翻弄できますからね。それに覚醒者の剣の型は、その人にしかできないものなので、自己流になるということですか」

「理解が早くて助かる」

「覚醒者の力は使わないのですか？」

「あぁ、俺の力は剣術においては筋力が上がるわけじゃないからな。今は使わずに、基本の型を伸ばそうかと思って」

そう。剣術に応用できる固有魔法《光》の力は〈光速思考〉と〈光速反射〉なので、力が強くなるわけではない。反射で動けても、相手が副団長のマルコになると押し負けるので、今は基本の型しか使ってない。

「アルテ様のそういうところに好感が持てますな」

「おっさんに好かれてもなぁ」

「そういえば、なぜアルテ様は剣の研鑽をされているんですか？　覚醒者の力を使えば、大抵のことができるのでは？」

「万が一魔法が使えない場面に出くわした時、指をくわえて見てることしかできないのは嫌だからな」

「さすがはあの【鬼神】の御子息ですな」

「俺よりも兄貴とか妹の方が凄いよ」

「ははっ。ご謙遜を」

このようなお方だからこそ、覚醒者になれたのであろうな。とマルコは思った。

そしてマルコが去った後、しばらく訓練場に籠り、覚醒者の力をフルで使って仮想敵と戦うアルテであった。

「ぶっちゃけ固有魔法《光》を使えば一瞬で片が付くんだが、それじゃあ面白くないからな。というか、そろそろ親父に外出の許可をもらって魔物相手に実践するか」

そこで後ろから、専属執事であるケイルが現れた。

「アル様。御当主様は現在、アインズベルク侯爵領の商業ギルド長と会議を行っていますので、夜にならないと無理でございますよ」

「わかった。ありがと」

このジジイは一体いつから後ろで見ていたのか、まったくわからなかった。

やはりただ者ではないな、この謎ジジイは。

次の日、俺はマルコの息子で侯爵軍騎士団に勤めている【ケビン】ともう二人の一般兵を護衛につけて、城壁の門を潜った。
現在俺が住んでいるのはアインズベルク侯爵領で一番大きいとともに国防の要でもある、城郭都市「バルクッド」だ。

ここから東に向かえば天龍山脈にある大渓谷にあたる。大渓谷にはAランクの魔物がひしめき合うように生息しているため、ここを通るのには高位の冒険者を雇わなければいけないほど、危険である。しかし、それを差し引いてもカナン大帝国とは取引をする価値があるので、ここを通って大商人達がたくさん訪れるのである。

そのためバルクッドは国防の要であり、ここら一帯の物流の中心だったりするのだ。

カナン大帝国の商業は、主に大型船を使った海での輸出入と、バルクッドでの輸出入が軸になっている。

バルクッドから西に向かうと、テール草原と呼ばれるとても広い草原があるので、今回はそこへ向かう。ここには商人達が商品を運ぶ街道が真ん中を横断(おうだん)しているため、アインズベルク候爵軍の騎士団が定期的に魔物の間引きをしているから、比較的安全である。

そのため、ほぼ低ランクのモンスターしか生息していない上に、場所が開けて視界が広いので初心者の俺には打ってつけである。

他にもチラホラと駆け出しの冒険者達の姿が見える。ちょうど学園を卒業したくらいだと思うので十八歳くらいだろう。

貴族は基本的に帝都にある学園に通うのだが、このバルクッドにも学園はいくつかあるので、そこを卒業したのだ。

あの男女の駆け出し冒険者パーティも、大切な我が領民である。

第5話：初戦闘&事件発生

そのまま一時間ほど歩き、現在テール草原を見下ろせる丘にいた。

「帝国内でも屈指の大草原とあって、たくさんの魔物が生息しているな」

「そうですね。ちなみにここに生息している中で一番高ランクの魔物はDランクのブラックホースです」

「そうだな、そいつらは群れで生活しているし、今は子育て時期だから血の気が荒い」

「魔物の中では珍しく《風》魔法を使って遠距離攻撃をしてくるので気を付けてくださいね」

「ああ。まずはFランクのゴブリンから戦おうと思っている」

魔物のランクはG~A・S・SSの順に高くなっていく。

基本的にG~Eランクは初級者レベルで、D~Cランクが中級者レベル。そしてBランクが上級者レベルと言われている。Aランク以上の高ランクモンスターは一体で甚大な被害を及ぼすので、もしバルクッドの近くにそれらが出現したら、侯爵軍が総出で対処しなければならない。

冒険者ランクも駆け出しは基本的にGランクから始まり、SSランクが最高だ。SSランクは大陸でも三人しかいないと言われている。

冒険者ギルドは大陸中に存在しており、本部もいくつかある。カナン大帝国の帝都にも本部の一つがあり。それぞれの都市に支部がある。

「よし。そろそろ行くか」

「「「了解」」」

二十分ほど歩いていると、遠くの方にゴブリンの集団が見えた。ゴブリンは洞窟や森に集落を作って、人族や他の魔物のメスをさらって繁殖する。この世界でも嫌われ者である。

「俺一人で十分だから、手は出さないでくれ」

護衛の三人は頷き、俺の後ろに下がった。

「剣術も試したいから、何匹か残すか」

その瞬間、〈光速思考〉を発動した。

世界が止まったと錯覚するほど凝縮された時間の中で、一番効率のいい倒し方を考える。

そして、あらかじめ指先に貯めておいた魔力を操作して光を収束させ、放つ。

「〈光の矢〉」

〈レーザービーム〉より魔力が込められた殺戮の光は、まっすぐにゴブリンの集団に向かった。

日光が当たっている場所は、俺の領域だ。目を瞑っていてもゴブリンの座標と魔力量、形や大きさが手に取るようにわかる。

一匹の頭を貫いた後、矢は屈折し一匹、もう一匹と仕留めていく。

そのまま〈光の矢〉は十四中、八匹の頭を貫き、霧散した。

残った二匹のゴブリンが驚いている束の間、剣を抜き〈身体強化〉を使って接近する。

そしてもう一度〈光速思考〉を起動する。一匹が怒り狂ったように棍棒を振り上げた。

軌道的に俺の頭を狙っている。

わざと当たる位置まで突っ込む。ゴブリンはニヤリとした。当たると思ったのだろう。

その刹那、〈身体強化〉を強めて一気に一歩飛び退いて躱す。

「そう、この角度だ」

剣をまっすぐゴブリンの首に差し込む。もう三歩前に踏み込むと、後ろのゴブリンの首も貫通し、二匹のゴブリンは絶命した。

「案外楽勝だったな」

ぶっちゃけゴブリンなら何万匹襲い掛かってきても、魔法で一瞬で片付けることができる。

「アルテ様、お見事です。凄まじい戦いぶりでしたな。最初の八匹は魔法で倒したのですか？」

「ああ、そうだ」

「やはりそうでしたか。気づいたら八匹倒れていた上に、最後の二匹を一突きで仕留められたので、何が起きたのか理解できずに混乱してしまいました」

〈光の矢〉は文字通り光のスピードで進む。

飛ばしてから屈折させて方向を変えようと思っても、気づいた頃には遥か彼方に飛んでいった後なので、まずは〈光速思考〉で座標を把握し、どの角度で屈折させるのかプログラムしてから放つのである。

これに対処できる生物は、世界中にいるのだろうか。いや、調子に乗ってはいけない。この大陸中には自分と同じ覚醒者が百人はいるのだろうから、油断してはいけない。

しかし、攻撃の速度だけは誰にも負けない自信がある。

そのあとゴブリンの魔石を取って、その場を後にした。

バルクッドの屋敷に戻った後、風呂に入って夕食を食べたのだが、この日は久しぶりの家族全員揃っての晩餐(ばんさん)だった。

「アル、ケビンから聞いたぞ。初めて魔物を倒したんだってな」

「あまり無茶しちゃだめよ？　まだまだ子供なんだから。アルに何かあったら、お母さんショックで寝込んじゃうわ」

「でも相手はゴブリンだったし、特に苦戦もしなかったから安心してくれ」

「僕はまだ魔物と戦う勇気はないなぁ。来年から学園に通うけど、そこでの実習が初戦闘になると思う」

「え？　その実習って学生だけで行われるのか？　それはさすがに……」

まさかそんなわけないよな？　自分で言うのは何だが、俺だから初戦闘でも苦戦しなかったわけで、もし素人の学生が魔物の生息地に足を踏み入れたらとんでもないことになるだろうに。

と心配していたら、親父が補足してくれた。

「確か十人一組で行動する上に、念のため高ランク冒険者が引率するから大丈夫だと思うぞ」

「あー。それなら納得だわ」

「僕はそれでも少し心配だよ……。魔法も剣術も苦手だから組の足を引っ張っちゃう気がする」

「まぁ、それはたぶん大丈夫だ」

兄貴は控えめに言って容姿端麗で頭脳明晰だ。しかも分け隔てなく誰にでも優しいし、器もデカい。そのため学園に入ればきっと、つよつよの女子達に護ってもらえる気がする。ちなみにこれはただの勘である。

当たり前だが、それを聞いた兄貴は俺がなぜそう言ったのかわからなかったようで、ジト目でこちらを睨んできた。

「なんでさ」

「学園に入ればすぐにわかると思う。な、母ちゃん」

「私もそう思うわ。うふふ」

「なんだか私も想像つく！」

「そういえばレイも魔法と杖術の訓練を始めてしばらく経っただろ？　最近はどうなんだ？」

「うーん……。魔法は上手くいってるんだけど、杖術がイマイチなの。将来はお母さまみたいな魔法師になるつもりだからもっと頑張らなくちゃ」

それを聞いた親父と俺は同時にレイに声をかける。

「俺も訓練に付き合おうか？」

そして母ちゃんがニヤニヤしながら、レイの答えを聞き出す。

「レイはどっちがいいのかしら？」

「アル兄様がいい！」

「だってさ、親父」

「くっ……」

「俺がもっと強くなったら、魔物狩りにも連れて行ってやるからな」

「え、いいの？　やったー！！」

レイの争奪戦で完全勝利を収めた俺は、そのまま温かい家族に囲まれながら料理を味わうのであった。

そして翌朝、ケイルと共にバルクッドの名物である高台へ行った。その目的は、昨日風呂に入りながら思いついたことを実験するためだ。

それは光学レンズである。望遠鏡や顕微鏡に使われるこの技術は、まだこの世界には存在していない。

光学レンズは光の屈折率と分散率を利用して作られている。

もし自分の目の結膜や角膜、虹彩を光学レンズに見立てて、屈折率や分散率を弄ったら、望遠鏡のように応用できるかもしれない。

一応、半径一キロ以内なら魔力操作が及ぶので、すべてが手に取るように把握できる。しかし、それ以上離れると難しいので、そういう時は俺自身が望遠鏡になればいいわけだ。

というわけで早速試したのだが、調節が非常に難しい。きちんと習得するためには、かなり時間がかかりそうだ。

そこから三時間ほど粘り、やっと習得できた。気づけばもう昼なので、ケイルが持ってきてくれたサンドイッチを食べた。

「このサンドイッチは本当に美味いな、ケイル」

「ええ、うちの料理人達は優秀ですので」

そんな会話をしながら食事を済ませ、今度はここからバルクッドの周りを観察することにした。

そしてテール草原を眺めていた時、ブラックホースが群れで走っていた。

「あれがＤランクのブラックホースか。Ｅランクのテールボアを追いかけている。見事な連携で追い詰めているな」

ブラックホースは雑食なので、基本的に自分より弱い魔物なら襲って食べてしまう。

その後、テール草原の固有種であるテールボアを《風》魔法で仕留め、群れで食べ始めた。

「あれは人族で言うところの〈エアスラッシュ〉だな」

「ブラックホースは自身の体に風を纏わせてスピードを上げるだけでなく、遠距離攻撃も得意ですからな。アル様も遭遇(そうぐう)した際はお気を付けください」

「ああ。肝に銘じておく」

しばらく眺(なが)めていると、あることに気づいた。

「ん？　一頭、小さい角が二本生えている仔馬がいるぞ」

「私には見えませんが、恐らく変異個体ですな。角が二本生えた黒馬の魔物ですと、上位種のバイコーンではないでしょうか」

「バイコーンって、Ｂランクの？」

「ええ、そうです」

「マジかよ、一応冒険者ギルドに報告しておくように手配してくれるか？」

「了解しました。御当主様にも報告しておきます」

「頼んだぞ」


すぐに屋敷に戻り、愛読書である世界の魔物大全典という本を開く。魔物は、さっきのバイコーンのように、稀に変異個体が生まれる。また、変異個体は成長が限界に達すると進化する。普通の魔物も、素質のある個体なら進化するが、変異個体はその確率が非常に高い。Bランクのバイコーンというだけで危険なのだが、進化したら手が付けられなくなる。いざとなったら俺が出てもいい。

魔物はランクが上がるにつれて、知能が上がっていく。さっきのバイコーンが成長し群れを率い始めたら、確実にテール草原のバランスが乱れる。商人や旅人もBランクの闊歩（かっぽ）する土地を移動するのはごめんだろう。

それにあの場所は駆け出し冒険者にとって重要な稼ぎ場なのだ。バイコーンが成長して大人になるまでにはどうにかしなければならない。

元の世界の野生動物と同様、こちらの世界の魔物も成長が早いのだ。

数日後、やはり問題が起きた。テール草原にＡランクの魔物が現れたのである。

この魔物は天龍山脈の麓（ふもと）にある高ランク魔物の巣窟（そうくつ）、通称「魔の森」から来た『ながれ』と推測されている。

基本的に魔物は、生息している場所から大きく移動はしないのだが、縄張り争いで負けたり群れを追い出されたりすると一匹で放浪することがある。そういった個体は、『ながれ』の魔物と呼ばれる。

現在、冒険者ギルドから派遣されたＡランク冒険者五十人と、侯爵家騎士団から選ばれた精鋭中の精鋭「黒龍騎士団」四百五十人が派遣された。ちなみにこの騎士団は総帥直下なので、親父も現場に向かっている。

聞いた話だと、城郭都市バルクッドを拠点にしているＳランクパーティ「獅子王の爪」は仕事で王都に行っている。そのかわりにＡランクパーティが十パーティ派遣されている。

Ａランクの魔物はＡランクパーティがギリギリ倒せるくらいの強さなので、問題はなさそうだ。

それに何より親父が黒龍騎士団を率いて向かったのだ。心配はいらない。

Ａランクの魔物に数の作戦は無意味で犠牲者を増やすだけなので、少数精鋭で対応する作戦のようだ。

だが、戦力的に問題とはいえ、親父が心配だ。

「よし、ケイル。俺達も向かうぞ」

「御当主様に怒られますぞ？　覚醒者であるアル様に何かあったら、帝国中の問題になります」

「俺がどうにかする」

「アル様らしいですね。ふふふ。止めても無駄なことはわかっているので、行くと決まったならすぐに向かいましょう」

「ああ」

家族が戦っているのに、何もしないなんて俺の誇りが許さない。

今回は急ぎなので、二人で馬に乗って向かう。

正門を潜り抜け、全速力で駆ける。

すでに戦いは始まっていると思うので、どれだけ早く参戦できるかが勝負である。

そしてテール草原に着くと、そこには「地獄」が広がっていた。

第6話：【閃光】

～～サイド【カイン・フォン・アインズベルク】～～

俺は黒龍騎士団と冒険者達を合わせて総勢約五百人率いて、テール草原に向かっている。

本当は黒龍騎士団と対をなす、白龍魔法師団とSランクパーティにも参加してもらいたかったが、両方任務の関係でバルクッドを不在にしていたので、しょうがない。

普通なら、この早さで討伐隊が組めること自体が異常なのだ。さすがはアインズベルク侯爵領の要であり、国防の要であるバルクッドの猛者達だ。

「報告では、出現したながれの魔物はAランクの『ブラッディベア』だ。気を引き締めろよ」

「「「はっっっっ！」」」

Aランクモンスターの矛先が我がバルクッドに向けば大惨事だ。あの場所には百万人もの人々が暮らしている。そして我が領には一千万人もの人々が暮らしている。もし討伐を失敗し、逃がすことがあれば我が領は半壊するかもしれないのだ。

「〔中級〕以下の魔法を放ったところで掠り傷一つ付かん上に、視界も悪くなる。私が合図を出したら〔上級〕魔法を一斉に放て。わかったか？」

「「「了解！」」」

「よし、そろそろ目的地に着くから〔上級〕魔法を放てる者が前列に来るように隊列を組みなおせ！」

この言葉で黒龍騎士団は馬を走らせながら細かい移動を開始した。この場には選ばれたものしかいないので、非常にスムーズに隊列が組み終わった。ちなみに冒険者達は隊列を組み慣れていないので、パーティごとに分かれ黒龍騎士団の後ろに控えている。

そして数分後テール草原に着き、さらに数十分後には標的の大きい背中が確認できた。〔上級〕魔法の射程は精々百メートルなので、もっと近づく。

幸運なことに標的はすでに交戦中のようだ。相手はDランクのブラックホースの群れで、上手く連携を取っていたようだが、ほぼ壊滅状態。

目的は恐らく、報告にあったバイコーンの捕食だろうな。Bランク魔物の魔石を食べて、成長を促進させたいのだと考えられる。

「標的は気を取られている！　合図で魔法を放て！　三、二、一……放てぇぇぇぇい！」

凄まじい勢いで数十の〔上級〕魔法を飛ばした。

しかし……。

ブラッディベアは無傷だった。

「は？」

そして怪物はゆっくりと振り返り、怒り狂った表情でこちらを視界にとらえた。

全員が固まっていると、Aランクパーティのメンバーの一人が尻もちをつきながら叫んだ。

「ありゃAランクの『ブラッディベア』なんかじゃねえ。Sランクモンスターの『ヴァンパイアベア』だぞ！！」

「ひぃぃぃ！」

「Aランクモンスターの討伐依頼じゃないのかよ！　Sランクだなんて聞いてねぇぞ！」

「お、俺達は逃げるぞ！」

絶望を目の当たりにした一部の冒険者達は次々と逃げ出した。

Sランクモンスターとは本来、城郭都市バルクッドの全軍と全冒険者が相手して、なんとか勝利を収められるレベルのモンスターなのだ。しかも相手は大陸でも屈指の危険度を誇る「魔の森」のながれだ。

俺は冷静に頭をフル回転させて考える。引くことは許されない。なぜならこの戦いにアインズベルク侯爵領の未来が託されているからだ。

「一人バルクッドへ戻り、応援を要請しろ！　我が軍の精鋭がここに駆け付けるまで持久戦を仕掛ける！」

そしてすぐさま最適な戦略を練り、指示を出す。

「〔上級〕魔法を撃てる奴はその場で待機し、魔力が回復次第再び放て！　近接主体の奴は半分ずつに分かれて、両サイドからやつを挟み込むぞ！　絶対に魔法の射程範囲には入るなよ！」

「突撃！　俺に続けぇぇぇ！」

「「「うおおおぉぉぉぉぉ！」」」


ヴァンパイアベアは思った。新しいエサが現れたと。

太く強靭（きょうじん）な足で接近し、血の魔力を纏った鋭い爪を一閃すると十匹のエサが血を吹き出して倒れる。

さらにその余波でもう十匹のエサが吹き飛ぶ。

この化け物熊にとっては、単なる作業でしかなかった。

「怯むな！　絶対に諦めるな！　俺達が負ければ、この侯爵領は終わりだ。つまりこの帝国が終わるということだ！」

もし国防の要である侯爵領が壊滅したら、他国は嬉々として攻めてくるだろう。

俺は何度も剣で受け止めるが、その度に吹き飛ばされる。だが再び立ち向かった。

黒龍騎士団の面々は、そんな主の姿を見て奮起し、また残ってくれた冒険者達もその熱を感じ取り、突撃を繰り返した。

それから数分後、この討伐隊は壊滅状態に陥っていた。

半分は重傷を負い戦闘不能となり、残りの半分も満身創痍である。

しかし、そんな絶望的な状況の中でも、一人だけ諦めていない男がいた。

巨大熊の繰り出してくる攻撃は、その一撃一撃がSランクに相応しいほどの威力である。

それを受け止める度に俺の身体が悲鳴を上げる。盾を持っている方の腕はすでに感覚がない。

身体中血だらけで、気を抜けば意識を失いそうだ。カウンターを狙おうにも、相手は隙を見せないし、その前に吹き飛ばされてしまう。

ふと後ろを見れば、味方にも立ち上がれる者はほとんどいなく、皆満身創痍だった。

「もう無理だ……。無理なんだぁ……」

「御当主様はあの怪物を相手に、なぜ何度も立ち上がれるんだ……」

ヴァンパイアベアは考える。この魔力の豊富なエサを食べたらどれだけ成長できるだろうか、と。

そう、この化け物熊は魔の森の縄張りにいる魔物をすべて食べつくしてしまったので、新たなエサを求めて出てきたのだ。さすがに他の高ランクの魔物の縄張りに入り、戦うことはしなかった。なぜなら自分もただでは済まないからだ。

そしてこの後、Bランクのバイコーンというデザートが待っているので、思わず狂気的な笑みを浮かべた。またこの邪悪な顔を見た討伐隊の面々は、本格的に心が折れてしまった。

グォォォォォォォォォォォォ！！！

怪物は咆哮を上げながら大きな腕を振り上げた。それは今までとは違う本気の一撃だろう。

「うぉぉぉぉぉぉぉ！」

地面にクレーターができるほどの一撃だったが、ギリギリ受け止められた。その代わりに今ので完全に盾を持っている片腕が使い物にならなくなった。そこで俺は剣を捨てて、もう片方の腕に盾を持ち直す。

すると目の前の敵は再び悪魔のような笑みを浮かべ、さらにもう一撃放ってきた。

「ぐっ」

その攻撃を受け止められるはずがなく、最後の頼みの綱である盾が遠くに弾き飛ばされてしまった。

残念ながら思ったよりも時間を稼げなかった。恐らく援軍が来る頃には全滅している可能性が高い。朦朧とする意識の中で、俺の頭の中に愛する家族や親しい者達のことが思い浮かんだ。

ここまでか。すまない、我が家族、我が領民、そして我が国の人々よ。

その瞬間、圧倒的な光の奔流がヴァンパイアベアに放たれ、太く強靭な片腕を吹き飛ばした。

「チッ。外したか」

アルテが到着した時には、もう討伐隊は壊滅状態だった。何十人かは剣や杖を支えにして立っているが、遠くに見える親父は血だらけになって立ち竦んでいる。

百メートルほど先に佇む全長六〜七メートルほどの熊型の魔物は、勝利を確信して狂気的な笑みを浮かべている。

それを見た俺は、心が怒りで染まった。

「よし、絶対に殺す」

なんとか怒りで一杯の頭を切り替え、冷静に〈光速思考〉を始める。

あのクソ熊は、分厚い鉄壁の毛皮を着ている。ゆえに、そこそこの魔力を込めないと貫通できないだろう。あいつは跡形も残さず消し飛ばすと決めたので、早速魔力を貯め、日光と己の魔力を収束させて一本の太い槍のような光を放つ。

〈ロンギヌスの槍〉

あのデカ熊は、俺が膨大な魔力で何かを収束させているのを感じ取ったのか、奇跡的な勘と

驚異的な反射で、紙一重で避けられてしまったため、片腕しか消し飛ばせなかった。

「チッ。外したか」

ぶっちゃけAランクの魔物くらいなら仕留められた自信があったのだが……さすがに舐めすぎていたかもしれんな。

「とりあえず親父を救出する時間を稼ぐために、俺が相手をする」

俺は〈身体強化〉を最大限に発動し、百メートルの距離を数秒で駆け抜けた。親父を救出するのであれば、相手が怯み混乱している今がチャンスである。

「親父の救出を頼む！」

「ア、アルテ様⁉　了解しました！」

先ほどの魔法は丘の上から撃ったから被害は出なかったが、味方が近くにいるこの状況では《光》魔法の使用は控えた方が良さそうだ。

相手はAランクなので油断はできない。だが体力と魔力を消耗している上に、なにより片手を失っているので、きっと〈身体強化〉だけでいけるはず。

まずは混乱しているデカ熊の懐に潜り込み、片足を斬りつけて意識をこちらに向けさせたい。

俺は身を屈め居合斬りの要領で腰にある剣を握り、前傾姿勢のまま美しい太刀筋で、足に向けて横一閃抜き放った。

「!?」

だが足には傷一つ付かなかった。よく見ればあの熊は身体全体に魔力のような何かを纏っている。〈身体強化〉というよりは、なんかこう……別の高度な強化魔法だと思う。一応熊の意識を俺に向けさせることに成功したので、先ほどの戦場とは逆の方へと走る。

「よし、追いかけてきてるな」

恐らく俺が片腕を消し飛ばした本人だとわかったのだろう。かなり怒っているな。

そこで俺はそのスピードのまま振り返り、奴を仕留めるべく攻撃を仕掛けた。

高ランクモンスターに対して小細工はあまり効果がないと考えられるので、純粋な技術とスピードで勝負するしかない。力に関してはあちらが上なので、それをどう覆すのかがバトルの肝（きも）になる。

腕がない方に回り込み剣で刺突を放つが、すぐに体の向きを変え、爪で弾かれた。

「そりゃ俺の魔法を避けたんだから、動体視力は半端ないよな」

そのままスピードを生かして何度も仕掛け、数回腹や足を斬りつけることに成功したが、身体を覆う何かにすべて弾かれた。なにか抜け道はないかと考えていた時、熊はさらに強化魔法の練度を上げ、今までで一番の速さで腕を横振りした。

「マズい、油断し」

言葉を言い切る前に俺は横に吹き飛ばされた。あの親父をあそこまでボロボロにしたのだから、俺では受けきれないことはわかっていた。そのため剣で上手く受け流しカウンターを放とうと思ったのだが、攻撃のスピードも威力も想定をはるかに上回っていたので、受け流しきれずモロにくらってしまった。

急所は避けられたが、大分ダメージを受けたな。防御した方の腕が痺れている。両腕持ちは厳しそうだ。これからは片手で戦わなければいけない。だが、そこでふと思った。

「ちょっと待てよ？　あのクソ熊は本当にAランクなのか？」

今更だが俺の愛読書である魔物大全典に載っているブラッディベアとは少し違う気がする。もしや……Sランクのヴァンパイアベアなのでは？　そもそも、親父達が敵わない時点でおかしい。

だってこちらには黒龍騎士団やAランクの冒険者パーティがいるのだから。

「この仮説が合っているのであれば、その強さも納得だ」

こりゃ時間稼ぎではなく全力で戦わないと勝てんな。

そんな暢気なことを言っていると、熊の魔物はさらに怒り狂った表情で猛々しい咆哮を上げた。

「グォォォォォォォォォオオオオオオ！！！」

いつになっても埒が明かないからイライラしているんだろうな。

ちなみにこの咆哮はバルクッドまで余裕で届いていると思う。

そしてすぐに臨戦態勢を整え、こちらに突進しようと身構えた。

そのため俺は〈光速思考〉をすぐに起動し、一番周りに被害が及ばずあいつを殺せる方法を考えながら魔力を貯める。ほぼ止まった世界の中でじっくりと最適解を導く。

まずはあのクソ熊がやっていたことを一瞬で解明し、己の力としたい。でなければ攻撃の威力が足りない。

恐らく奴は〈身体強化〉と、ヴァンパイアベア特有の《血》の魔力を融合させた強化魔法を身に纏っている。まぁ簡単に言えば、〈身体強化〉の上位互換魔法を使っているわけだな。また、周りに与える被害を最小限にしたいので攻撃魔法以外であの熊を仕留めたい。ということは俺も熊と同じかそれ以上の強化魔法を今創らなければならないのである。

最初、魔法でデカ熊の腕を消し飛ばした時に、実はアイツは動揺して、一瞬強化魔法を解除した。

俺はもちろんそれを見逃さなかったので、再びそれを発動する時もじっくり見学させてもらった。

奴は〈身体強化〉の魔力と《血》の魔力を寸分の狂いもなく同時に身体から放出し、その後魔力操作で全体の濃度を均等になるよう融合させ、一つの強化魔法に昇華させていた。かなりコツがいりそうだが、普段から魔力操作の訓練をしている俺にはそんなに難しくないだろう。なんだかいける気がする。

初めに〈身体強化〉の魔力と《光》の魔力を同時に放出する。次に魔力操作で全体に染み渡らせる。この時に例えば、足の方は〈身体強化〉の魔力が濃くて、逆に腕は《光》の魔力が濃くなったりすると失敗し、霧散してしまう。そのため、全体の濃度が均等になるように両方の魔力をバランスよく染み渡らせる。

その時、今まで感じたことのない強力な魔力を身体に纏うことができた。これは本当に俺の魔力なのか？　なんだか不思議な感じ。これならば剣にも纏わせることができそうだな。

剣も同様に、ゆっくりと魔力を流し込む。よし、成功だ。なぜかはわからないが、まるで剣の先まで自分の手足のようになったかのような感覚だ。これなら十分に戦える。

そしてヴァンパイアベアが踏み出すと同時に、俺も今まで以上に足に魔力を込めて跳んだ。

その力は凄まじく、辺りに轟音を響かせながら、光の速度で標的に接近する。

標的は認識できていないが、俺は〈光速思考〉を起動しているのですべて見えている。

そのまま熊の顔の横まで到達して、《光》の魔力が込められた剣を一閃し、豆腐を切るよりも簡単に首から上を斬り落とした。

「遅い」

そしてその光景を見守っていた騎士や冒険者達の誰かが呟いた。

【閃光】……と。

戦いで負傷者が出ることはわかっていたので、討伐隊には侯爵軍の医療班も随伴していた。遠く離れている場所で見守っていた医療隊も戦いが終わったと同時にこちらに来て、急いで怪我人の治療を始めた。

「親父、生きてるか？」

「あぁ、なんとか意識はあるぞ。体はぴくりとも動かないが、アルの勇姿は見届けられた。アルがいなかったら、全滅して今頃あの熊に食われていたぞ」

「そんなこと言ってないで、さっさと治療してもらえよ」

「いや、俺はこう見えて頑丈だからな。より重傷な者の方へと廻したのだ」

「そんなことだろうと思って、回復薬をもらってきたから飲みなって」

「ああ。ありがとうアル」

こうして回復薬を無理やり飲ませると、体の傷が塞がり、なんとか立ち上がれるくらいには元気になった。

本当はあのクソ熊は消し飛ばしてやりたかったが、Sランクモンスターはどれも素材としての価値が高いので、首を綺麗に落とした。

それにまだ仕事は残っている。討伐隊が到着する前にヴァンパイアベアと戦っていた、ブラックホースの群れに向かう。

この群れは壊滅した。一匹残らず重傷を負い、時間が経って血が流れすぎたのだろう。どの個体も息をしていない。

だが群れに近づくと、リーダーと思わしき大きい個体の死体の陰から血を流したバイコーンの仔馬が出てきて、俺の前に立ちはだかった。

「お前、群れを守ろうとしているのか」

そしてしばらく見つめ合う。理性の籠った目だと思った。

「いい目をしているな」

「ブルル」

仔馬は威嚇した。ちっとも怖くないが。

なんとなくわかる。こいつは相当頭が良い。それも、今の時点であのクソ熊と同等か、それ以上に。

恐らく群れがあの熊と遭遇した時に、敵わないとわかっていたはずだ。でも群れの仲間を見捨てて逃げずに戦った。しかも、自分以外死んでいるとわかっていても俺の前に立ちふさがり、仲間の亡骸(なきがら)を守ろうと、俺を威嚇している。

こいつは魔物のくせに情に厚くていいやつだな。よし決めた。

俺は無言で立ち寄り、さっきクスねてきた回復薬を、傷を負って動けない仔馬の口に無理やり流し込んだ。

仔馬の傷が塞がるまで、しばし待つ。

十分に回復したのを確認し、俺は右手を差し出した。

そして、告げる。

「お前、俺と一緒にこい」

第７話：冒険者ギルドと従魔登録

バイコーンの仔馬は俺の言葉を聞いた後、少し考え始めた。

やはり人族の言葉をある程度理解しているようだ。かなり賢い。群れの方をチラチラ見た後、決心がついたようで、こちらに近づいてきた。

「俺についてくるということでいいのか？」

「ブルル」

「よし、じゃあ今から俺達は仲間だ。従魔魔法を交わすぞ」

この世界の無属性魔法には、従魔魔法というものが存在する。そのため、冒険者達の中には従魔を連れて活動する者も珍しくはない。もちろん俺も習得している。

すぐにバイコーンの頭にやさしく手を乗せ、従魔魔法を交わした。

するとバイコーンと自分の間に何か魔力的なパスが繋がったことがわかる。

「よし、今からお前の名前は【エクス】だ。よろしくな」

「ブルルル！」

従魔魔法のおかげで、エクスの考えていることがなんとなく理解できる。今は悲しさ半分、安心半分といったところ。

実はもっと警戒されていると思ったのだが、エクスは非常に賢いので俺についてくることが最適解だということは初めからわかっていたようだ。

親父の所へ戻る前に、エクスの家族達を丁寧に埋葬してやらねばな。

「エクスの家族ってことは、俺の家族ってことだからな」

俺はブラックホース達の遺骸を一か所に集め、とある魔法を唱えた。これは俺が心から愛する者が亡くなった時にしか使わないと決めている魔法だ。

〈常世之光〉

俺が魔法を唱えた瞬間、天から白く神秘的な光が降り注ぎ、彼らを包み込んだ。

そのままブラックホース達は静かに消滅し、天の地へ旅立った。

「お〜い、親父！」

「どうしたんだ？　アルよ」

「報告にあったバイコーンの仔馬、拾ってきたから」

「なっ、それは本当か？　いやしかしだな……」

「今回の討伐戦、俺がいなかったらヤバかったよな？」

俺は凄んだ顔で近寄る。

「ま、まぁ……」

「しょうがない、認めよう。ちゃんと、冒険者ギルドに従魔登録しておくんだぞ」

「おう、ついでに俺の登録も済ませてくるわ」

「な？」

その日、屋敷に連れて帰ってきたエクスは家族や使用人達に特に恐れられることもなく、どちらかというと可愛がられていた。

エクスはいくら子供とはいえBランクなのだが、そんなことはお構いなしに撫で回されていた。おもに母ちゃんと妹のレイによって。

「エクスは本当に可愛いわねぇ」

「この子かわい～」

母ちゃんに抱っこされ、綺麗でサラサラした鬣や尻尾をレイに触られている。

そこへ兄貴のロイドもやってきた。

「エクス、これ食べるかい？」

「ブルル」

挙句の果てには餌付けまでされている。完全に懐いているな、あれは。

「新しい家族を連れてきてくれてありがとね、アル」

「おう。是非仲良くしてやってくれ」

アインズベルク侯爵邸はとても広いので厩舎がたくさんあり、何人もの厩務員が働いている。

一応そこに連れていったものの、なぜかエクスは暴れるくらい嫌がったので、そこに住んでもらうのを諦めた。

屋敷の皆に報告した後、エクスは風呂で洗われ、料理長の作った飯をたらふく食べた。

そして妹に連行され、妹の部屋で寝たらしい。

ちゃんと家族の一員になれて本当に良かった。

翌朝の朝食後、俺はエクスを探していた。

「ケイル。エクスはどこにいる？」

「庭で日光浴をしております」

「そうか。なんというか、自由な奴だな」

と呆れ顔で見ていると、

「従魔は主人に似ると言われておりますので」

「やかましいわ」

その後料理長にエクスの飯を作ってもらい、持って行った。

「エクスー。飯だぞー」

「ブルルー！」

「いっぱい食ってデカくなるんだぞ」

昨日の夜あんなに食っていたのに、そんなのお構いなしで一心不乱に貪っている。

「美味そうに食うなぁ」

エクスも俺と一緒で食べ盛りだからな。これからも爆食いしてすくすく育って欲しい。

「親父、おはよう」

「おう、早いなアルは」

「冒険者ギルドに行って、俺とエクスの登録済ませてくるわ」

「なるほど、ではこの封書を持っていきなさい。手続きがスムーズに進むはずだ」

「わかった。ありがと」

「そういえば、バルクッドでアルの噂が広がっているみたいだぞ」

「それって、昨日の？」

「そうだ。街中で【閃光】と呼ばれているらしい」

「うへぇ」

ケイルとエクスを連れて冒険者ギルドへ出発する。ちなみに、冒険者ギルドの建物と侯爵邸は近いので、歩いて向かう。

すると、周囲がざわめき出す。

「おい、あれが噂の……」

「でもSランクモンスターだったんだろ？　本当なのか？」

「無礼だぞ、お前っ！」

「あれが【閃光】様なのね‼」

「後ろの仔馬もなんか可愛いわね」

と噂されながら歩いていると、早速ギルドに着いた。エクスをギルドの厩舎に入れる。エクスは嫌がっているが、こればかりは我慢してもらわないといけない。

「以前から大きい建物だとは思っていたが、実際に訪れるとさらに大きいな」

「ここはアインズベルク侯爵領最大のギルドですからな」

「誇らしいな」


そしてギルドに入る。圧巻の一言だ。冒険者は人口百万人を抱えるバルクッドでも割と人気の職業なので、建物の中にはたくさんの人々がいる。

併設された酒場で朝食を取っているものもいれば、クエストボードの前で議論を繰り広げる屈強な冒険者達もいる。ちなみに、男女比はちょうど半々くらい。

それらを横目に見ながら初心者担当の受付に並ぶ。

「やはり朝は混んでいるな」

「そうですな。朝は依頼の取り合いで賑やかですので」

実は、ギルドに入った途端ベテランの冒険者に絡まれるテンプレを期待していたのだが、この都市で俺はかなり有名人なので、特に絡まれたりはしなかったのだ。

実際、冒険者という仕事を舐めている若者は結構いるので、そいつらを矯正するために行われていたりする（中には単に嫌がらせがしたくて絡むものもいるが、目を見れば大体わかる）。

「お待たせ致しました」

受付嬢は丁寧に一礼した後、俺を見てギョッとした。

「え……【閃光】様⁉ こ、今回はどのようなご用件でしょうか」

「俺の冒険者登録と、従魔登録を済ませに来た」

「わかりました。ではこの紙に名前と個人情報を、もう一枚の紙に従魔の情報を書いていただけますか」

「あ、その前にこれを頼む」

「しょ、少々お待ちください！」

すっかり親父の書簡を忘れていたので渡すと、受付の女性はそれを確認し焦った様子で奥に下がってしまった。

しばらくすると見るからにＶＩＰ対応の部屋に通され、そこには美しいエルフの女性がいた。

「初めまして。バルクッド支部のギルド長を務めさせていただいている、メリルと申します」

「アインズベルク侯爵家次男、アルテ・フォン・アインズベルクだ。こっちは執事のケイル」

ケイルが頭を下げる。

「あと、そんなに気を使わなくてもいいぞ」

「あら、そう。じゃあお言葉に甘えさせてもらうわ」

「それで、用件は？」

「まずは昨日の件のお礼ね。昨日はありがとう。アルテ君がいなかったら、この都市がどうなっていたか……」

「いや、それには及ばん。俺には侯爵家の人間としてこの領すべてを守る責務があるからな」

「さすがは【閃光】様ね。次はバイコーンの件についてよ。昨日討伐隊に参加した冒険者から大体話を聞いてるわ。今日は従魔登録をしに来たんでしょう？」

「ああ。それと俺の冒険者登録もな」

「そうなのね。アルテ君の情報は、すでにこのギルドにあって此方ですべて済ませておくから安心して頂戴」

「そうか、感謝する」

「じゃあ、これを受け取ってくれる？」

と、メリルからCランクの冒険者タグを渡された。

「Gランクからじゃなくていいのか？」

「ええ。Sランクをソロで討伐できる冒険者を低ランクで燻(くす)ぶらせておく余裕はないの。ギルドはCランク以上の冒険者に強制依頼ができるから、こちらとしても助かるのよ」

「なるほどな、ギルド長は凄い権限を持ってるんだな」

「まぁ、その支部がある都市の領主の推薦か、Sランク冒険者の推薦のどちらかが必要なのだけどね。【鬼神】の推薦より信用できるものなんて中々ないわよ」

「こちらとしてもありがたい」

「最後にもう一つ伝えておくことがあるわ」

「なんだ？」

「このアインズベルク領には、いくつかのダンジョンがあるのは知ってるわよね？」

「ああ」

「最近、そのうちの一つであるAランクダンジョン『帝蟲(ていちゅう)の巣』のモンスターが増えているらしいの。数年以内に氾濫(はんらん)するかもしれないから、気を付けて頂戴ね」

「ああ、わかった」

「やはり覚醒者は一味違うわね」

「念のため聞いておくが、原因はわかっているのか？」

「恐らく、そのダンジョンに潜る冒険者が減っていることが原因だと思うわ」

「なるほど」


　その後、晴れてCランク冒険者になった俺は、エクスとケイルを連れて侯爵邸に戻ったのだった。

「ダンジョンか。まぁAランクダンジョンなら大丈夫だとは思うが、問題は最後まで魔力が持つかだな」

そう、覚醒者である俺は元から膨大な魔力量を誇るのだが、それでも無限ではない。

「日光があれば余裕なんだがな。いや、まてよ……もしかしたらこの方法なら」

《光》の性質を振り返る。他と比べて特質すべき点は、速いことと質量が存在しないこと。それと、反射と屈折だ。光はそれを遮るものがない限り、宇宙空間でも進み続ける。

そこで前世で行われていた光の無限反射実験を思い出した。

「俺の魔臓の中で光を無限反射させられれば、実質ほぼ魔力無限なのでは？」

この世界の生き物は心臓の横に魔臓という魔力を生み出したり、周りから吸収するための臓器がある。

魔物はこの臓器の中に魔石がある。ちなみに人族には魔石はない。

そんなに甘くはないかと思いながら、庭に出る。そして日向ぼっこしながら昼寝している食いしん坊馬の隣で実験してみた。

「なんか普通にできた。光の性質が関係してるのは当たり前だが、これは覚醒者だからできたのか？」

覚醒者になってから、魔臓の中の感覚が少し変わったから、これが関係しているのかもしれない。よくわからんが、とにかく嬉しい。

隣でめっちゃ寝てる食いしん坊馬の、飯で膨らんだお腹をツンツンしながら喜びに耽るのであった。

「ＺＺＺ」

それからまた二年後、剣術と魔法の鍛錬をしながらたまにエクスを連れてギルドで依頼を受ける日々が続き、俺は十四歳になった。

冒険者の依頼も、Ｃ～Ａランクまで様々なモノを受けた。

その結果、この二年で俺はＡランク冒険者となり、剣術や魔力操作、そして体格が急成長し、立派な男になった。冒険者の依頼は頻繁に受けている上に、すべて遂行しているので史上最年少でＡランクとなった。

そして兄は帝都にある「カナン帝立魔法騎士学園」の二年生になった。また妹は全属性の魔法を、それぞれ〔上級〕まで習得することを目指して頑張っている。

また、侯爵邸の庭にエクス専用の大きな厩舎が作られ、エクス自体も立派な大人の馬になった。

さすがはＢランクと言えるほどの体格と《闘気》を纏っており、バイコーンは《雷》属性なので、体内に満ちている《雷》の魔力が、周りの空気をピリ付かせていた。

依頼で討伐した魔物の魔石は全部エクスに与えていたので、進化が近いのかもしれない。

「エクス、お前もデカくなったな。なぁレイ」

「大きくなっても可愛いね！」

「ブルル」

現在、兄はカナンの帝都にある学園にいるので、あちらにある別邸に住んでいる。

我が妹であるレイも十三歳になり、立派な貴族令嬢になった。それと、両親は相変わらずの親バカを発揮しており、我が子の成長を喜んでいた。

「アルもカッコよくなったわねぇ。これは帝国中の令嬢が放っておかないわ」

「レイはまるで大天使のようだな！　絶対嫁入りはさせんぞ、ハッハッハ」

「ちょっと、恥ずかしいからやめてよお父様！」

「最低でも俺より強いことが条件だな」

「アル兄様まで……」


皆と別れた後、俺はエクスと目を合わせた。


「さてエクス、今日もひと暴れするか」

「ブルルル」

第７・５話：Ｓランク冒険者パーティ【獅子王の爪】

冒険者になってから約二年半が経過し、現在俺はＡランクに到達した。毎日の如く高ランクの依頼をこなしているというのもあるが、やはり一番の理由はエクスという相棒がいるからだろう。

エクスのおかげで遠い場所にも軽々と行くことができるし、何より寂しくない。

毎日毎日一人で冒険者活動をしていれば、いつか気が狂いそうである。

でもパーティを組むってのも考えられないし、毎度騎士という名のお供を連れて冒険者活動をするのもちょっと嫌だ。なんか縛られている気がするんだよな。

そう思えば、冒険者達がパーティを組んでいるのは戦力的な問題を解決するだけではないのかもしれない。

まぁ別に羨ましくなんてないけど。俺には相棒がいるんだ、食いしん坊の。

そんな俺は今日も今日とてエクスと一緒に冒険者ギルドに赴いていた。と言ってもエクスは嫌々厩舎で待機しているので、中に入るのは俺一人である。

高ランク冒険者用の受付は二階にあるので、いつも通り階段を上りクエストボードの前に立つ。

「ふむ……。全部微妙だな」

依頼が当たりの日もあれば、そうじゃない日もある。

ちなみに俺が依頼を選ぶ基準は金額ではなく、面白いか、面白くなさそうかである。自分で言うのも何だが、金は腐るほどあるからな。両親のおかげで。

母ちゃんだけでなく、あんな親父でもきちんと働いているのである。あんな親父でも（重要なので二回言った）。

Aランクの俺は、よっぽどのことがない限りSランク・SSランクの依頼を受けることができない。

バルクッドがマジでピンチに陥った時とかじゃないと受けられないだろう。そういう時は受けることができるというよりは、高ランク冒険者は基本的に全員駆り出される。

これが俗に言う強制依頼だな。前にギルド長のメリルが言っていたやつだ。

Aランクの依頼も一応貼ってあるが、どれもイマイチだ。大商人や大貴族の護衛に、貴重な薬草の採取。あとは、どこに現れるのかもわからない盗賊団の討伐。

護衛については依頼主が金に物を言わせてランクを跳ね上げただけだし、盗賊団は見つけるのが面倒なだけだろう。薬草採取に関しては、森の奥まで入らなければいけないので、まだわかる。

「でも魔物の討伐じゃないと面白くないんだよな」

　薬草依頼も、せめて重病の患者を助けるため、とかならやる気が出るのだが、見た感じどこかの錬金術師が変な趣味に使うだけみたいだし。

　しょうがないから今日はエクスと一緒に散歩でも行くか。と考えていると、後ろから誰かに声を掛けられた。

「おい【閃光】」

「ん？　誰だお前ら」

　後ろを振り返ると、四人組の冒険者が声をかけてきた。内訳は獣人の男一人にエルフの男一人、人間の女一人にエルフの女一人の計四人である。

　勝手な憶測（おくそく）だが、たぶん獣人の男と人間の女がカップルで、エルフの男女がカップルだと思う。知らんけど。

　あと俺に声をかけてきたのが獣人の男である。

「いや、すまん。別に喧嘩を売りたいわけじゃないんだ」

「じゃあ何の用だ？」

「大分時間が空いちまったが、ヴァンパイアベアの件の礼が言いたくてな」

「どういうことだ？　別にお前らに何かした覚えはないぞ」

「あの時不在だったSランクパーティがいただろ？」

「ああ、獅子王の爪だっけ」

「それ俺達なんだよ」

「なるほど、そういうことか。でも礼には及ばんぞ。あれは誰が悪いわけでもないからな。しいて言えばクソ熊が悪い」

「それでも礼を言わせてくれ。ここは俺達の故郷なんだ。【閃光】がいなければ最低でも半壊はさせられていたと思う。ありがとな」

　と言い、四人全員で頭を下げた。律儀（りちぎ）な連中である。


「いや、そもそも俺は領主の息子だし、お互い様だろう」

「がっはっは！　確かにそうだな」

　なんか急に態度を崩した。なぜだろう。

「なんで最初はあんなに堅苦しかったんだよ。別にいいけど」

「【閃光】は有名人だし、何より天下のアインズベルク侯爵家の次男だろ？　もっと気難しい奴だと思ってたんだ」

「だけど実際に話してみたら、割とラフな奴だったと」

「そういうことだな！」

後ろの奴らもやれやれみたいな表情をしている。なんか楽しそうな冒険者パーティだ。

皆が理想とするようなパーティなんだろうな、こいつらは。

『獅子王の爪』はバルクッドで最も名前が轟いているSランク冒険者パーティである。もちろん俺を抜いて、だ。

全員がここ出身ということもあり、住民達からの信頼も厚い。

だから同じ冒険者として、また領主の息子としてこいつらと仲良くなるのは非常に良いことなのではなかろうか。

「とりあえず、互いに自己紹介しないか？」

「それもそうだな。じゃあまずは俺からだ。俺はSランク冒険者パーティ『獅子王の爪』のリーダーを務めている剣士のアレックスだ。こいつらはパーティメンバーの……」

右から順に、パーティメンバーが自己紹介した。

「俺は魔法師のルウだ」

「私は魔法剣士のミラよ」

「私は剣士のマチルダよ！　よろしくね！」

ほう。剣士二人、魔法剣士一人、魔法師一人の計四人パーティか。中々攻撃性が高くて面白そうじゃないか。

ちなみにアレックスが獣人で、ルウとミラがエルフ、そしてマチルダが人間だ。複数の種族で構成された仲の良さそうなパーティである。

普通はタンクとかシーフなんかが混ざっているものなんだがな。

「俺は魔法師のアルテだ。あと相棒のエクスがいる。よろしく」

するとアレックスが疑問に思ったのか、聞いてきた。

「相棒って従魔か？」

「そうだ。Bランクのバイコーンだな」

「私撫でたい！」

マチルダは動物好きなようだな。普通は怖がって近寄らないだろうに。

「私も気になるわ」

「俺も興味がある。なんせBランクの従魔など他では聞いたことがないからな」

そういえば、こいつらSランクなのか。普通に忘れてた。そりゃ興味持つよな。

エクスの話を聞いてやや興奮気味の三人とは裏腹に、冷静なアレックスが再び話を切り出した。

「今日アルテは依頼を受けにきたんだろ？」

「ああ。でも良い依頼がなかったから帰ろうかと思ってたところなんだ」

「じゃあ俺達と一緒に受けないか？」

「依頼による」

「Bランクの地竜の討伐だ」

「え？　Bランクの依頼受けるのか？　お前らSランクなのに」

と俺が言うと、四人とも口をポカンと開けて互いを見合った。

「ちょっと待てアルテ。もしかしてお前、Sランクパーティはいつもランクの依頼を受けているると思ってるのか？」

「え？　違うのか？」

「違うに決まってるだろうが！」

ミラがハァと溜息を吐いた。

「毎回Sランクの依頼を受けていたら、命がいくつあっても足りないわよ……」

「ああ、だからSランクの依頼は基本的に減らないのか」

場合によっては数年以上放置されている依頼もある。

「あのねぇ、私達がギリギリ勝てるラインがSランクモンスターなの。そんな怪物と毎回死闘を繰り広げてるわけないでしょ？」

「確かに、言われてみればそうだな」

「もしかして貴方、毎回Aランクの依頼を受けているの？」

「おう。Aランクに上がってからはずっとそうだ」

「えぇ……」

なんで皆そんな目で俺を見るんだ。知り合いがいないから知らなかっただけなのに。

「俺は別にヤバい奴じゃないから安心してくれ」

ここでマチルダが首を傾げながら、俺に聞いた。

「ちょっと気になってたんだけど、アルテは普段どんな基準でAランクの依頼を受けているの？」

「基本的に全部魔物の討伐系で、基準は面白いか面白くないか、だ」

「あちゃー」

おい、あちゃーって言うな。あちゃーって。

そしてルウは逆に感心した。

「よく今まで生きていたな、アルテは」

「そういうのやめてくれ。自分が情けなくなるだろう」

「アルテなら、そのうちすぐSランクに上がると思うから、今のうちにアドバイスしておく。

Sランクに上がっても、毎回Sランクの依頼を受けるのはやめておけ」

「ああ。肝に銘じておこう。そもそもSランクの依頼なんて、そんなポンポン補充されるものでもないだろ」

心配されているんだか、馬鹿にされているんだかよくわからんが、まぁいいだろう。色んなこと教えてもらえたし。

「ってことで、早速地竜の討伐に行くか」

「まだ行くって言ってないんだが」

「決定な」

「えぇ」

俺も大概だが、こいつらもこいつらでヤバいな、いろいろと。

こうして俺は半ば強引にBランク依頼を受けさせられるのであった。

ごめんエクス。変なのに絡まれてしまった。

◆◆◆

受付にて。

「あれ？　アルテ様、もしかして『獅子王の爪』の方々と一緒に依頼を受けるんですか？　なんか珍しいですね。というか初めてでは？」

「不本意だがな。あとアンジェ、俺が毎回Aランクの依頼を受けていたのっておかしいのか？」

「はい。低ランク冒険者の場合は、同ランクの依頼を受けることが多いのですが、高ランク冒険者の場合は基本的に自分よりも低いランクの依頼を受けますね。もちろん同ランクの依頼を受けた方がもらえるポイントが高いので、すぐに昇格します。アルテ様の昇格が他より早いのはそのせいですね」

「俺それ聞いてないんだが」

「え？　まだ説明してませんでしたっけ？」

てへぺろをしても許さないからな、このお間抜け受付嬢め。

「じゃあ行ってくるわ、アンジェちゃん！　アルテのことは任せてくれ！」

「はーい。御武運を〜」

俺はアレックス達に引きずられながら、エクスの待つ厩舎に向かった。

「待たせたな、エクス」

「ブルルル」

「ああ。こいつらは俺の友人だ」

「「「よろしく（ね）！」」」

「左からミラ、マチルダ、ルウで、一番右のアホみたいな奴がパーティリーダーのアレックスだ」

「ブルル」

「な、なんか俺の紹介だけヒドくね？」

「ねぇ、少し触らせてもらってもいいかな？」

「私も触りたいわ。綺麗な鬣ねぇ」

「だってさエクス」

「ブルル」

「いいって」

「か、可愛い……」

女子達にナデナデされている横では、ルウが独り言を呟いていた。あとアレックスはまだ凹んでいる。早く元気を出せ、パーティリーダーなんだから（他人事）。

「うむ。やっぱりバイコーンの迫力は凄まじいな。それにエクスが味方になっただけで、戦力だけでなく移動速度も段違いだ」

「まぁ、食いしん坊だけどな」
「でもマジックバッグは持っているんだろう？」
「ああ、一応持ってるぞ。親父から借りたやつだが」
「なら心配ないな」
「そうだな」

いつの間にかアレックスが復活し女子達に混ざってエクスを触っていたので、俺達は早速出発した。

ちなみに俺はいつも通りエクスに乗っているが、獅子王の爪の連中は歩きである。

女子二人を乗らせて男が歩けという文句が出そうなので、それについて説明させてもらうと、エクスは基本的に身内しか背中に乗せない。緊急時は別だがな。

うちの家族なら全員乗せてくれると思う。もう俺達はエクスを家族だと思っているし、エクスも俺達を家族だと思ってくれているからな。

あとケイルならギリギリ乗せてくれると思う。

六人（エクスも含む）で楽しくおしゃべりをしながら目的地へと向かう。

途中でルウが思い出したように、俺に尋ねた。

「そういえば以前、【閃光】は索敵の魔法を使えると聞いたのだが、それは本当なのか？」

「ああ、使えるぞ」

別に秘密にしても意味はないので、素直に話す。さすがに超広範囲魔法のことは秘密だがな。

「なに、それは本当か？」

「ああ」

ルウ以外の三人も驚いている。それもそのはずで、索敵系の魔法は属性魔法と無属性魔法の中には存在しないからだ。要するに、ごく一部の覚醒者しか使えないのである。だから驚くのも無理はない。

「では今回はかなり楽になりそうだな」

「まぁ戦力的には元から余裕だろ」

「でも地竜ってどこにいるのかわからないのよね！」

「そうそう。大まかな場所はわかるけど、見つけるまでが大変なのよ」

「じゃあ今回は俺が囮になって誘き出さなくてもいいってことか？」

アレックスは毎度そんなことをやらされていたのか。大変だな、リーダーって。

それから約二時間歩き、地竜が目撃された場所に到着した。

地竜は比較的縄張り意識が高いので、どうせそこにいるだろう。

「あ、でも地面に潜っていたらさすがに探知できないぞ」

「あぁ、マジか。地竜って結構土に潜って寝てるから、厳しいかもしれないな」

とりあえず〈光探知〉を広範囲に発動すると、森の奥の開けた場所に一際大きい魔力反応があることに気付いた。

「見つけたかもしれん」

「よし、すぐに向かうぞ」

「おう。俺に付いてきてくれ」

しばらく進み、森の奥の開けた場所の少し手前で足を止めた。

俺達は現在魔力を極限まで抑え、隠密状態になっているのでまだ気づかれていない。あとエクスは俺達以上にこれが上手いので安心して欲しい。

目の先にいる地竜は、一言で表すとおっとりしたアンキロサウルスだ。デカい尻尾に大量の棘（とげ）が生えているので、それだけは要注意である。

アレックスが小声でボソッと呟いた。

「のんきに昼寝なんかしやがって……」

続いてルウも小声で提案する。

「まずは俺とアルテが魔法を放つから、その後三人で突撃してくれ」

「「「わかった（わ）」」」

〈大旋風〉

〈光の矢、二重展開〉

ルウが魔法を唱えた瞬間、横向きの竜巻が放たれた。

それに合わせて俺は〈光の矢〉を二本、地竜の両後ろ足に向けて撃った。

速度は竜巻よりも〈光の矢〉の方が圧倒的に速い。そのため、俺が地竜の機動力を奪い、確実に竜巻を直撃させようというわけだな。

「グォォ！！！」

〈光の矢〉が二本の足を貫通し、地竜は叫び声を上げた。

そして。

ドカァンッッッ

竜巻が見事命中した。なんという破壊力だ。たぶん〔超級〕魔法だろう。

大きく砂埃が舞い、その中にアレックスとマチルダ、ミラが突入したが。

「あれ？　いないぞ」

「見て！　下に大きい穴が開いてる！」

「逃げられたわね」

だが忘れてはいけない。この三人はSランク冒険者なのだ。もし地中に潜られても、音でどちらに逃げたのかくらいわかる。その上アレックスは人族の中で最も聴覚が優れている獣人族なんだ。もう逃げられないだろう。

「あっちだな」

「あっちね！」

「うふふふ。丸聞こえね」

俺とエクスとルウの三人も後を追う。

地中から攻撃が飛んでこないとは限らないので、少し距離を置いて追跡を続けると、やっと地竜は顔を出した。

それを見たアレックスが叫んだ。

「おい、尻尾の棘を飛ばしてくるぞ！　気を付けろ！」

その言葉が切れると同時に、尻尾から大量の棘が放たれた。

「速さはそうでもないな」

割と近い距離にいるあの三人が結構余裕で回避しているので、そこまで速くはない。まぁあの三人がSランク冒険者というのも関係しているが。

厄介なのは、棘を飛ばしてもすぐに再生し、再び飛ばしてくることだな。回転率がめちゃくちゃ良い。魔力が尽きるまで実質無限に放たれるだろう。

「回避しながら突っ込むぞ！」

「わかったわ！」

「さっさと終わらせましょう！」

Sランク冒険者の戦いを見てみたいから、少し手は出さないようにするか。

刹那、地竜の魔力が高まった。

「これは、マズいな」

俺も〈光速思考〉を発動させ、魔力を練る。

すると、今までとは威力とスピードが段違いの棘が次々と放たれた。ルウも、もう戦闘が終わると思っていたようで、咄嗟に魔法を発動させようとしているが残念ながら間に合わないだろう。

再びアレックスが叫ぶ。

「ヤバいぞ、回避できない！　すべて叩き落とすぞ！」

〈光の矢、百重展開〉

俺も〈光の矢〉を百本放った。三人に目掛けて放たれた棘をすべて相殺し、その残った矢は次々と地竜の前足に殺到した。

「グォォ……」

「ナイスだアルテ！　よし、ケリをつけるぞ！」

三人は凄まじい速度で接近し、見事な連携で地竜にダメージを与えていく。まるで全員の頭がリンクしているかのようである。

地竜も尻尾をハンマーのように振って応戦するが、その攻撃は一度も当たらない。

完全に三人の連携に翻弄されている。そのまま徐々に傷が増えていき、とうとう地に倒れ伏した。

「よっしゃぁぁ！！！」

「やったわね！」

「少し時間が掛かってしまったけど、上々かしら」

　そこに俺とエクスとルウも近寄る。

「三人とも見事だった」

「ブルルル」

「最後の最後に気が緩んで援護できなかった。すまん」

「気にすんなよルウ、ぶっちゃけ俺も油断してたから人のこと言えないしな。それよりもアルテに感謝だぜ！」

「そうそう、あの援護がなかったら正直ヤバかった！」

「アルテありがとうね。助かったわ」

　とか言ってるけど、三人はＳランク冒険者なんだ。俺が援護しなくても結局勝利を収めていただろう。多少の傷は付くと思うけど。

「それにわざと足を狙ったんだろう？　あの魔法」

「そうだ。頭と背中と尻尾は特に高く売れそうだったから、あえて避けたんだ」

「おお、知ってたのか。初めにそれを伝えようとはしていたんだ。でも気を使って戦わせるのも申し訳ないと思ったから伝えなかったんだよな。意味なかったけど」

「まぁ依頼は達成できたんだし、別にいいだろう。とりあえず地竜をマジックバッグに詰めてさっさと帰ろう」

「それもそうだな！」


その後無事バルクッドに帰還し、ギルド前で別れた。報告は獅子王の爪が代わりにやってくれるらしい。

あと、地竜の素材と肉を結構わけてもらった。俺あまり活躍してないのに。

「まったく気前のいい奴らだよな。エクス」

「ブルルル」

地竜の素材は防具向けなので、ありがたく使わせてもらおう。

「エクス、帰ったら地竜肉パーティだぞ」

「ブルルル！」

「今日で一番テンションが高いじゃないか」


この食いしん坊馬め。

第8話：オークション

現在俺はエクスの腹に背中を預け、木の下でダラダラしている。

木漏れ日が静かに俺を照らす。ちょうどいい明るさ。

心地よい風が肌を掠め、同時にエクスの鬣を揺らす。

簡単に言えば、昼寝したい。

俺はゆっくりと目を閉じ、夢の世界に飛び立った。夢の中ではエクスがうちの地下にある食料貯蔵庫に忍び込んだのがバレ、現行犯逮捕された。その後、ネチネチと母ちゃんのお説教を聞かせられ、さすがのエクスも生気を失っている。

わかる、わかるぞエクスよ。母ちゃんは怒らせると怖いが、それ以上に面倒なんだ。

「……様。……ル様」

「ん？」

「アル様、起きてください。昼食をお持ち致しました」

「おお、ケイルか。悪いな」

「いえいえ、これが仕事ですから。本当は起こしたくはなかったのですが、昼食が傷むといけないので」

「その通りだ。飯を腐らせる奴は、この世の風上にもおけん。な、エクス」

「ブルルル」

「もちろんエクスの分も持ってきたので、二人でお食べください」

「ほい、エクス」

「ブルルル」

「なんだ、ケイルの分も持ってくればよかったじゃないか。水臭い」

「私は腐っても専属執事ですから、主と共に頂くわけにはいきませんよ」

「確かにケイルが飯食ってるところ見たことないわ」

「一応、毎食しっかりと頂いてるのでご安心ください」

「そうか」

モグモグ

「ごちそうさん」

「ブルルル」

ちょうど飯を食い終わったタイミングで、ケイルが言った。

「私は屋敷に戻りますが、その前に一つだけお伝えしたいことが」

「ん、なんだ?」

「近々オークションが開催されるそうですよ」

「ああ、半年に一回開かれるあれか」

「ええ。それで今回は面白い商品が出品されるそうです」

「おお、ケイルがそう言うなら期待できるな」

「かなり信頼できる情報筋によれば、オリハルコンと世界樹の杖だそうです」

「は？」

それを聞いた瞬間、俺の脳内が弾けた。

オリハルコンという鉱石はあのミスリルの完全上位互換で、まごうことなき世界一の鉱石である。もしそれを手に入れることができれば、これからの俺の人生が良い意味で大きく変わるだろう。

それだけでもヤバいのに、世界樹の杖まで出品されるだと？

一応説明しておくと、世界樹は別大陸にしか存在しない伝説の樹木だ。仮にその細い枝一本出品されただけでも、世の中の富豪やコレクター、錬金術師や鍛冶師達が、砂糖に群がる蟻の如く殺到するだろう。

魔法師は大きく二つに分けられる。杖を使わない派と、杖を使う派である。

我が家の大天使であるレイは、もちろん杖を使う派だ。

また杖を使う派の中には、彼女のように杖術を嗜んでいる魔法師が多い。近距離戦というのは、一般の魔法師達にとって永遠の課題だからな。

ここまで言えば、もう言葉はいらないだろう。

「ケイルよ。久々に本気を出す時が来たかもしれん」

「そう言っていただけると、早めに情報を仕入れた甲斐がありました」

「よし、戦争だ。付いてきてくれるな？」

「ええ、喜んでお供します」


俺は今回のオークションで絶対に世界樹の杖とオリハルコンを落札すると決めた。

今回の戦争で一番重要なのは武力でも権力でもない。財力である。

俺はあまり物欲がないので、今までのお小遣いや冒険者活動で貯めた金をすべて金庫にぶち込んでいる。

かのアインズベルク侯爵家次男の数年分のお小遣いと、Aランク冒険者である俺の稼ぎをあまり舐めてはいけない。並大抵の物なら購入できる自信がある。

だが今回の敵は、その情報を入手できるほどの大富豪達である。どちらか一方であれば恐らく手に入れることができると思うのだが、両方はさすがに無理だろう。

「どうしたものか……」

俺はエクスの鬣をネジジしながら何時間も悩んだ。

そういえば、まだこの世界の貨幣を紹介していなかったので、ここで説明しておこう。

こちらの世界では主に硬貨が使われている。前世と違って印刷の技術がそこまで発展していないからだ。

この大陸で流通している硬貨を価値の低い順から紹介していくと、鉄貨（十円）、銅貨（百円）、銀貨（千円）、金貨（一万円）、赤金貨（十万円）、白金貨（百万円）だ。

もう一度言うが、これらはこの大陸すべてで使うことができる。

例えるなら前世で言うユーロみたいなものだな。まぁヨーロッパ大陸なんて存在しないけども。

その夜、アインズベルク侯爵邸にある書斎にて。

コンコン

「誰だ？」

「俺」

「アルか。入っていいぞ」

ガチャ

「アルがこんなところに来るなんて珍しいな」

「実は頼みごとがあって」

「ほう、とりあえず聞かせてくれ」

俺はゆっくり親父に接近する。

「お、おお。なんだ？」

「なぁ親父、ちょっと金貸してくんね？」

「……え？」

それから二週間後の午後。

予定通り俺はケイルという名の腹心を連れ、バルクッドの商業ギルド地下にあるオークション会場に足を運んでいた。

「アル様、遂にこの時が来ましたな」

「ああ。今日のためにできることはすべてやったからな。勝つぞ」

「ええ」

今ケイルが持っているマジックバッグの中には、俺の全財産と、親父から借りた（巻き上げた）金がたんまりと詰まっている。

それは小国の一貴族領くらいであれば買い取ることができるほどだ。

俺達は扉を開け、戦場に乗り込んだ。中に入ると、すぐに敵軍の視線が俺に突き刺さった。

ふん。今の俺にはこれ（金）が付いてるんだ。そのくらい屁でもない。

ザワザワ

「おい、あれって……」

「やっぱり来たか。天下のアインズベルク侯爵家の者が」

「よりによって、あの【閃光】じゃないか」

「それだけ今回は【鬼神】も本気っていうことだろ」

「目玉商品は両方諦めるか……」

そんな声を無視しながら、俺達は領主専用の一番良い席に座った。まぁバルクッドのオークション会場なんだから、これは当たり前だな。領主特権ってやつだ。

ちなみに今回ケイルが番号札を上げる係で、俺がコール係。

「アル様、あそこにいる御仁は見えますか？」

「ああ、ここからも見えているぞ」

「恐らくあの方は帝国の四大公爵家の一つである『ゲルガー公爵家』の代理人です」

「ほう。ではアイツが今回の一番の敵か」

「はい。あと最近ではよくゲルガー公爵家の暗い噂が耳に入ります」

「なるほど。違法なことで荒稼ぎしてるわけか」

「その可能性が高いですね」
「じゃあ尚更負けられんな」
「ええ」

そんな奴に負けてしまったら、この後親父に見せる顔がなくなってしまう。まぁ、もし全敗しても親父なら笑ってなかったことにしてくれるだろうけど。親バカだし。

数十分後、司会者が拡声の魔導具を持ち、壇上に上がった。

「皆様、本日はお集まりいただきありがとうございます」

口上は普通なのか、良かった。もしレディースエーン、ジェントルメーンとか言い始めたらきっと俺は動揺していたに違いない。俺以外の転生者の影がチラついてしまうからな。

恐らく狙いの商品は両方とも終盤に競り(せ)に出されるので、しばらくは眺めるだけになりそうである。

とここで、知っている名前が挙がった。

「次の商品はBランクモンスターである地竜の素材！　主に頭と背、尻尾の素材が揃っております！　出品者はSランク冒険者のアレックス！　まずは赤金貨七十枚から始めていきます！

おおーっと十一番の札が上がりました！」

「赤金貨八十枚だ」

「赤金貨八十枚です！　他にはいませんか？　おっと二十二番の札が上がりました！」

「赤金貨八十五枚」

「赤金貨八十五枚です！　それ以上の方はいませんか⁉　おおっ、二十九番の札が上がりました！」

「赤金貨九十五枚だ」

「赤金貨九十五枚です！　それ以上の……」


結局この後アレックスが出品した、あの時の地竜の素材は赤金貨百十五枚で落札された。

念のため言っておくが、たぶんアレックスがパーティの代表者として出品しただけで、別に独り占めしているわけではないからな。そこは勘違いしないでくれ。

アイツは普段あんな感じだが、良い奴なんだ。

まぁ後で茶化すけど。あの時の素材高く売れたみたいだな、って。

その後、マジックバッグや魔石などを購入していたら、一時間経過した。

オークションも終盤に差し掛かり、遂に例のブツが競りに出された。

「続いての商品は、あのミスリルを超える世界一の鉱石オリハルコンです！　出品者はこちら側の都合上、伏せさせていただきます！」

おぉぉぉ！！！　と歓声が上がった。

「まずは白金貨五百枚から始めていきます！」

ここでケイルが番号札を上げた。

「おーっと、一番の札が上がった！」

さぁ戦争を始めるぞ。

「白金貨五百五十枚だ」

「白金貨五百五十枚だぁ！　他はいませんか？」

すると予想通りゲルガー公爵家の代理人が札を上げた。こいつは最後の二つにすべてを賭けているようで、今まで息を潜めていた。

「おっと、三十四番の札が上がったぞ？」

「白金貨六百枚」

「白金貨六百枚に上がりました！」

やはりゲルガー公爵家との一騎打ちになった。超大富豪VS超大富豪の一騎打ちが始まり、他の参加者は大盛り上がりである。

この激しい戦いは数分間続き、そして。

「白金貨二千枚だ」

「金額が白金貨千五百枚から二千枚に一気に上がりました！」

うぉぉぉ！

これはさすがに出せないだろう。俺は公爵家代理人に視線を向ける。

「くっ……」

「落札です！　オリハルコンは白金貨二千枚で落札が決定しました！」

パチパチパチ

よし、とりあえず一戦目は大勝利することができた。

公爵家の代理人は苦虫を噛み潰したような顔をしている。だがすぐに凛々しい表情を取り戻し、次に備え始めた。俺達がすでに白金貨二千枚を使っているので、どうせ次は余裕で勝てるとか思っているんだろうな。

「本日最後の商品は世界樹の杖！　別大陸に存在する伝説の大木から作られた杖でございます！　前回と同じく、出品者は伏せさせていただきます！」

おぉぉぉ！！！　と再び歓声が上がった。

「まずは白金貨七百枚から始めていきます！」

予想通り、代理人も参戦してきた。

「白金貨八百枚」

「おぉーっと、白金貨八百枚だ！　再び三十四番の方が戦場に上がりました！」

ふん、勝ち誇ったような顔をしやがって。本番はここからだろうが。

ケイルも番号札を上げたので。

「白金貨千枚だ」…………。

また長い戦いの幕が切って落とされた。

それから約二時間後。

現在俺とケイルはホクホク顔でオークション会場の廊下を歩いていた。

「アル様。大勝利おめでとうございます」

「ケイルもご苦労だった。これで皆に朗報を伝えることができるぞ。くっくっく」

「おやおや、アル様が悪役のような笑い方をするなんて久しぶりですね」

「今だけは許してくれ」

最後の一騎打ちでは、白金貨二千五百枚で公爵家の代理人を一刀両断してやった。

俺……いや、アインズベルクが悪事を働いているような連中に負けるはずがない。

今マジックバッグの中にはオリハルコンと世界樹の杖がしっかりと入っている。

このオリハルコンは、これから俺が人生を共にする剣になってもらう。どんな握り心地で、どんな見た目で、一体どんな斬れ味なのだろうか。

世界樹の杖に関してはまだわからん。もしレイが気に入ってくれれば、これから彼女と人生を共にすると思うし、気に入らなければ他の誰かに使ってもらう。

だがどっちにしろ、プレゼントには変わりないのでレイは喜んでくれるだろう。

もうニヤニヤが止まらん。さっさと帰ろう。

その日の夕方。

レイは今日お勉強の日なので、朝から家庭教師と部屋に籠っている。このことからわかるように、彼女は努力できるタイプの天才なのだ。

将来は帝国を最前線で引っ張るような人材になれる。まぁそもそも本人にその気があれば、の話だが。

今俺は勉強部屋の前で仁王立ちしながら待機している。

あと少しで終わる時間だな。ちょっとソワソワしてきた。

そして遂に、その時が訪れた。

ガチャ

家庭教師が出てきたので軽く挨拶をする。兄貴も世話になった先生なので、俺もこの人を尊敬している。

そのまま入れ違いで部屋に入ると、レイがぐでーっとテーブルに突っ伏していた。かなり疲れているのだろう。一応言っておくが、これは両親が強制しているわけではなく、レイが好きでやっていることなので安心して欲しい。

「レイ。今日もお疲れ様」

その声で俺に気付いたレイは顔を上げた。初めは疲れ切った表情をしていたが、俺を見た瞬間、パァァァっと天使のような笑みを浮かべた。

「アル兄様！！！」

彼女は椅子から立ち上がり、俺の胸に向かって突進してきた。もちろん抱きしめる。

頭をヨシヨシしながら、告げる。

「レイはいつも頑張っているからな。プレゼントを持ってきたぞ」

「ほんと⁉　嬉しい！」

俺は背中に隠していた世界樹の杖をレイに渡す。

「これってもしかして……。世界樹の杖？」

「そうだ。よく知っているな」

「え……」

レイは目を点にして固まっている。結構有名なのか？　これ。

しばらく経過し、ようやく彼女は正気を取り戻した。完全に別世界に飛んでいたようだ。

「アル兄様、本当にありがとう！　将来お嫁さんになってあげるね！！」

再びギュッと抱き着いてきたので、再度頭を撫でる。

「そうか。ありがとうな」

どうやら俺のお嫁さんになってくれるらしい。とっても嬉しいが、それについてはノーコメントと言っておく。

「これで魔法の練習頑張るね！」

「そんなに気に入ってくれて嬉しいよ。実際に使ってみて、あまり使い心地（ごこち）がよくなかったら全然他のに変えてもいいんだぞ？」

「いや！　一生この杖使うもん！」

「そうかそうか。よしよし」

ナデナデ

「なぁレイ。そういえば、なんでこの杖を知っていたんだ？」

「昔読んだ絵本に載ってたの！　形と色が一緒だから、見た瞬間わかったよ？」

「なるほどな。ちなみにどんな絵本か教えてくれるか？」

「えーっとね……。確か『災厄（さいやく）の魔女』っていうタイトルだった！」

「あ、それ俺も読んだことあるな。魔女が国を滅ぼすやつだろ？」

「そう、それだよ！　あと世界樹の杖は絵本の中で、もう一つの名前があって……」

「『国落とし』」

俺もはっきりと思い出し、つい呟いてしまった。

今更だが、マジでヤバい杖を持ってきてしまったのかもしれない。曰く付きの。

本当にこのままレイにプレゼントしてもいいのだろうか。

見た感じ呪いや封印の魔法がかけられているわけでもなさそうだが、念のため専門家を呼んで調べてもらうとしよう。

俺の勘だとレイと相性バッチリだし、人生を共にしてくれる相棒のような存在になってくれると思う。

「なぁレイ。一度魔力を通してみてくれないか？」

「わかった！」

レイの表情が切り替わった。

彼女は洗練された魔力操作で杖に魔力を少しずつ流し始めた。

すると、魔力の質が一気に変わった。もちろんいい意味で、だ。

彼女の髪がふわりと舞い上がり、雰囲気が変わった。

さっきとはまったくの別人のようである。

表現するならば、数多の戦場を渡り歩き、強敵を倒し続けた歴戦の大魔法師。

なるほど、これが【国落とし】か。勘違いして悪かった。

「レイ、どうだ？」

「なんか別人になったみたい！」

「一応、専門家に見てもらおうと思っていたのだが」

「ううん、大丈夫！ もう一生これで戦うって決めた！」

「そうか」

危なかった。俺の早とちりでレイの将来を潰してしまう所だった。


夕食にて。

「アルからプレゼントもらえてよかったわね」

「うん！ お礼にアル兄様と結婚するの！」

「はっはっは。仲良しで何よりだ」

「おう。喜んでもらえて良かった」

「ところでオリハルコンは無事落札できたのかしら？」

「もちろん。明日早速ドワーフのおっちゃんとこ持って行くつもりだ」

「剣ができたら見せてくれ！」

「私も見たいわ」

「私も！！」

「わかった。きっと世界一の剣に仕上げてくれるはずだからな」

帝都に住んでいる兄貴にも是非見せてやりたいものだ。

今更だが、兄貴は学園を楽しめているのだろうか。今度手紙でも送ってみよう。

こんな感じでワイワイと会話を弾ませながら、美味しい料理を味わった。

その後興奮冷めぬまま風呂に入り、すぐ布団に潜った。

己の理想は、剣も魔法も極めた最高峰の冒険者。

そしてエクスに跨り、世界中を旅したい。

まだ自分が見たことも聞いたこともないようなモノが世界には溢れている。

別に有名になりたいわけでもなく、ヒーローになりたいわけでもない。

ただ、のんびり冒険がしたいだけ。

その前に学園で精一杯青春を味わうのも悪くないな。

友人をたくさん作って、様々なイベントに参加する。

休日に帝都近郊のダンジョンに潜るのも悪くない。

色んな魔導具や魔法陣も作ってみたい。

なんか楽しくなってきたな。

「よし、明日からまた頑張るか」

好きなように生きてやろうじゃないか。

第9話：ワイバーン亜種狩りと【星斬り】

来年、学園に入学するための勉強はすべて済ませているので、今日も今日とて朝から冒険者ギルドへ向かう。

この二年でエクスも相当この都市に馴染んできた。仔馬の時からバルクッドを連れまわしていたので、大人になった今でも怖がられることはない（住民以外は初見でビビり散らかすが）。

ちなみに今の装備は、Bランクの地竜の素材で作ったものだ。

俺の武器は長剣だ。

この前の商業ギルドで開催されたオークションであのミスリルを超える鉱石である「オリハルコン」を入手したので、早速剣を打ってもらったのだ。

オリハルコンはミスリルより硬い上に軽く、さらに他人の魔力に合わせて変質していくという性質があるので、知り合いのドワーフのおっちゃんに打ってもらったこの剣は、体の一部と間違えるほどに、とても手に馴染む。

「よし、ギルドに着いたから厩舎で待っていてくれ」

「ブルル」

従魔魔法のおかげで、エクスの気持ちがなんとなくわかるのだが、今になっても厩舎は嫌いらしい。

侯爵邸の厩舎も、寝る時に渋々入るが、それ以外では庭でゴロゴロしている。

ギルドに入ると、そこには珍しくSランクパーティ「獅子王の爪」のリーダーであるアレックスがいた。

「おぉ、【閃光】じゃねえか。久しぶりだな」

「アレックスじゃないか、久しぶりだな。あれ？ 他のみんなはいないのか？」

「今日は休みなんだ。それで飯作るのめんどいから酒場で食ってた」

「あぁ、そうなのか」

「さっきチラッと高ランク向けのクエストボードを見たが、中々面白そうな依頼があったから誰かにとられる前に受注した方が良いぞ」

「そういうことは、早く言ってくれよ」

実はこの世界でできた友達一号が、このアレックス君なのだ。獅子王の爪の他の三人も友達なので、実質友達は四人もいることになる。この二年で俺も成長したのである。

「そういえば、そろそろ俺もお茶会に参加しないと、学園ではボッチスタートになってしまうな」

貴族の次期当主にとってお茶会の参加は義務なのだが、それ以外の貴族の子女もなんだかんだでお茶会やパーティに参加する。

そのため比較的領地の近い貴族の知り合いが十～二十人はいるものなのだが、俺は今まですべてサボってきた。

この年になって、そのツケが回ってきたのである。

「断じて悔しいわけではないが、今度暇な時に参加してみるか」

などと呟きながら例の、アレックスの言っていた依頼を受注する。

「大渓谷で通行人を頻繁に襲うワイバーン亜種の討伐ねえ……」

「ワイバーンの亜種は、強力な毒を飛ばしてくるので、気を付けてくださいね」

「ああ」

亜種は変異種と違い、普通の個体とあまり変わらない。違うのは色と、使う魔法が少し強力になるくらいだろう。ワイバーンは《風》魔法と毒を使って戦うが、ワイバーン亜種は《風》魔法の威力が上がり、さらに猛毒を飛ばしてくる。

ワイバーンはBランクの魔物なので、亜種となるとAランク相当になる。

なぜアレックスが勧めてきたのかというと、ワイバーンの素材は捨てるとこなしだからである。

皮や骨、爪や牙は武器や防具にできるし、肉は美味いし毒袋も錬金術の素材になる。もちろん魔石も高く売れる。

「よしエクス、ワイバーンでも狩って新しい装備でも作るか。あ、肉と魔石はあげるからな」

「ブルル！」

装備や魔石のことをチラつかせたら、すぐにやる気を出した。まったくチョロい馬である。

バルクッドの門を出て、休憩を挟みつつ三時間ほどエクスを走らせる。

エクスは《風》魔法は使えないが、《雷》魔法が使える。そのため足に雷を纏わせて本気で走れば、前世のスーパーカーくらい速いのである。もう少し具体的に説明すると、馬よりも速いブラックホースの、さらに倍くらいには速い。

「見えてきたな」

俺は光学レンズを応用した魔法で、かなり遠くを視認する。

天龍山脈の頂上付近にはSSランクである本物の「龍」が住んでいるので、高く登るほど危険度が増す。というか一番下にある大渓谷ですらこの危険度なので、想像に難くない。

ちなみに、龍は長寿であり、魔物の中でもトップクラスに賢いので、エクスと同じく人族の言葉を理解しているようだ。

ワイバーンは比較的縄張り意識が強い魔物だ。そのため、大渓谷付近に出没したということは、その付近に巣がある可能性が高い。

俺達は丘まで移動し、辺りを見渡した。

「見当たらないな。エクスはどうだ？」

「ブルルル……」

「そうか。じゃあ魔法を使って探すか」

《光》魔法で探知し、半径二キロメートル以内を探す。俺もこの二年で成長し、探知範囲がグッと広がったのだ。

「見つけた」

ワイバーンにしては若干魔力が薄い気がするので、光の当たりにくい洞窟を巣にしているのかもしれない。

「あっちだエクス。やつが洞窟から飛び立つ前に殺りにいくぞ」

「ブルル‼」

エクスの頭の中はすでに魔石と肉のことで一杯だった。現金な奴。

すぐに洞窟が見えてきた。

すると、洞窟の周りには馬車の残骸が散らばっていた。ワイバーンがもし宝を貯めていたら、その所有権は討伐したものに譲られるので、俺のものになる。

それに気づいた俺は、今までにないくらいやる気が湧き出てきた。そう、主と従魔は似るのである。

エクスから降りて洞窟の入り口に向かうとワイバーン亜種がそれに気づいて、奥から出てこようとした。

「たまには〈身体強化〉だけで戦うか」

普段なら〈光速思考〉を起動し、光で目つぶしをする。次に二年前に戦ったヴァンパイアベアから学んだ《光》の魔力を混ぜた〈身体強化〉を駆使して、爆発的な速さで接近し首を斬り落とすだけなのだが、たまには縛りを設けてもいいだろう。

まずはワイバーンが口から猛毒を吐き、《風》魔法でそれを飛ばしてくる。

「ガァァ！！」

俺は今、〈光速思考〉をしていないので、世界がスローにはなっていないのだが、そもそも動体視力がずば抜けているので、この程度なら問題はない。

空中を埋め尽くす猛毒の液体の隙間を縫って進み、そのまま減速せずにワイバーンに突っ込む。

そうすると、ワイバーンはまさか避けるとは思っていなかったようで、焦って右腕を振り、鋭い爪で俺を切り裂こうとする。

カキンッッッ

甲高い音を洞窟内に響かせながら、俺は《光》の魔力を纏ったオリハルコンの剣で受け流す。

そして何回か左右から同じ攻撃をしてきたので、冷静に受け流す。

焦れてきたのか、ワイバーンは猛攻の中で〈風の槍〉をいくつか生成して飛ばしてきた。四本あるうちの二本は避け、もう一本はオリハルコンの剣で受け流し、残りの一本は多めの魔力を纏った右手でぶん殴って消滅させようとした。

しかしその時、剣に違和感を覚えた。

『もっとありったけの《光》の魔力を込めろ』

と、この剣が叫んでいる気がした。

そこで俺は今まで魔臓で貯めてきた、すべての膨大な魔力をこいつに込めた。

もし失敗したら魔力切れになり撤退する必要があるのだが、俺はこいつを信じることにした。

そしてその覚悟に呼応するようにこの剣は、真ん中に一本不思議な輝きを放つ線を伸ばし、前世でいう刀の形に変形した。

そう、この形だ。この形なのだ。ドワーフのおっさんに刀について聞いたら、そんなものは知らないし存在しないと言われたので諦めていた。

しかし、こいつは俺のために理想の形になってくれた。

集中力が極限まで高まり、〈光速思考〉を起動していないのに世界が止まったと錯覚し、世界が俺のものになったと見紛うほどの全能感だ。

まず〈風の槍〉を剣で斬る。

次に音速でワイバーンの懐に移動する。

刹那、この空間、いやこの星を斬ったと錯覚するほどに美しく鋭い一閃を放ってワイバーンの首を落とした。

この戦いの中で俺に新たな相棒が生まれた。その名は……。

【星斬り】

ワイバーン亜種の討伐後、すぐにマジックバッグに死体と貯めてあった宝を詰めて、洞窟を出た。

「エクス、新しい仲間ができたぞ」

と言い、俺は鞘に収まらなくなった星斬りを見せた。

星斬りは真ん中に不思議な光を放つ線が通っている、シンプルで美しいデザインだ。

変形したのは俺が覚醒者だからなのか、ほぼ無限の魔力を持っているからなのか、それとも星斬りが元々特別なオリハルコンだからなのか。

「よし、依頼も達成したし帰ってからドワーフのおっちゃんに、新しい装備と星斬りの鞘でも作ってもらうか」

「ブルル……」

「もちろん、その後はすぐに料理長に肉を調理してもらって、たらふく食べような」

「！！」

その後、食いしん坊馬は信じられないスピードで走り、その日の夕方前にはバルクッドの巨大な門を潜った。

この一件で俺はSランクになり、史上最速でSランクに昇格した冒険者として、カナン大帝国どころか大陸全土にその名を轟かせた。

かの冒険者は【閃光】と呼ばれ、迅雷を纏う黒馬に跨る。さらにその魔法はすべてを滅し、その剣は星を斬る。

冒険者ギルドは国家とは独立しており、この大陸中に三つの本部とたくさんの支部が存在するので俺が史上最速でSランクになったという情報は、文字通り大陸中を駆け巡ったのである。

そして気づけば、大陸全土で話題沸騰中の青年になったのである。

「さすがはアルだな！　しかし、もうすぐ学園に入学するために帝都に行ってしまうのは寂しいな」

「そうねえ、アルがいなくなったら日ごろ騒がしい我が家も静かになっちゃうわね」

「私もついていく――！！」

「それはダメだろう」

「ところでアルよ。その話はいったん置いといて、お茶会はどうするのだ？」

「そうよ。この馬鹿夫は他貴族にあなた達のことを自慢しまくっているのよ。だからその当人がお茶会やパーティを開かないのは少し……ね？」

「アル兄様、友達いないの？」

「うっ」

遂に妹にも憐みの視線を向けられてしまった俺は、甚大な精神的ダメージを負うのであった。

第10話：エクスの進化と他貴族

ある日の午後。

庭でゴロゴロしているエクスを眺めながら考える。

「はぁ……開くか……お茶会」

カナン大帝国ではお茶会を開催する際、一番爵位の高い貴族が主催するという風習がある。

そしてここら辺一帯だとアインズベルク侯爵家が一番爵位が高く、別名辺境伯と言われるほどの重鎮である。あと前にも説明したが、うちが辺境伯と呼ばれるのは、伯爵だった頃の名残だ。

この国で有名な貴族家のツートップと言えば、海運と海軍を一手に担う「ランパード公爵家」と、陸運と陸軍を一手に担う「アインズベルク侯爵家」だ。

実はうちは結構凄いのである。

庭でゴロゴロしているエクスのお腹に背中を預けて欠伸(あくび)をしながら考える。

ここら辺一帯の貴族は男子も女子も武闘派になりやすい。立地的にそういう運命なのだ。

「っとその前に、エクスのために落札した魔石があるんだが、今食べるか？」

「ブルルル！！！」

この前、ケイルと共にオークションに行って購入したものだ。

どうやら魔物にとっての魔石は、人間にとっての甘味のようなものらしい。

エクスは食いしん坊なので、もちろん魔石も大好物である。

屋敷に戻り、箱いっぱいに入っている魔石を持ってくる。

「ほーれ、食え」

ガツガツガツ
「美味そうに食うなぁ」

そんなエクスを眺めている時、ふと思った。もしかして、そろそろエクスは進化するのでは？　と。二年前よりも大分立派になったし、何より総魔力量が増えた気がするんだよな。

「まぁ二年間毎日のように暴れ回ったし、魔石も全部エクスが食べてたからなぁ」

大陸屈指の危険地帯の「魔の森」の近辺であるここら一帯も、危険地帯なのだ。

そんな場所で二年も暴れていれば、いやでも成長する。

じゃあ、近々皆にこのことを伝えておいた方が良さそうだな。

魔石を食べ終わったエクスが再びゴロゴロし始めたので、俺も一緒に昼寝をした。

数日後の早朝、俺はメイドに叩き起こされた。

「アルテ様、アルテ様！　起きてください！　エクスが‼」

メイドに引っ張られて厩舎に行くと、何人かの侯爵家の衛兵が屯していた。

「アルテ様、朝早く申し訳ございません、ですが……」

「わかってる。エクスが進化したんだろ？」

「ええ、そうです」

「見てくる」

そして厩舎に入ると、そこには魔物大全典で見たことのある、幻のSランク魔物、『スレイプニル』がいた。

エクスはバイコーンだった時よりも一回り大きくなり、綺麗な鬣も伸びた。

そして、トレードマークだった二本の角が合わさり、一本の強靭な角になった。

色々変化したが、色は相変わらず美しい漆黒色である。

「よっ、元気か相棒」

「ブルルル」

「そうか、この厩舎も建て直さなきゃな」

とりあえず外に出て、皆に伝える。

「特に問題はない、ただ数日前に伝えたようにエクスが進化したんだ」

普通、魔物は長い年月をかけて成長限界に達し、その中でも素質のある選ばれた個体だけが進化する。エクスはブラックホースの変異種であるバイコーンなので、もちろんこれに該当するのだ。

「やはりそうでしたか。普通は従魔の進化などはそうそうお目にかかれるものではないので、少し取り乱してしまいました」

「しょうがないさ」

その後、エクスは料理長に飯を作ってもらい、進化前より多めに食べた後、庭で昼寝をしていた。

そしてその夜。

「エクスが進化したようだな。昼間庭でゴロゴロしているのを見かけたが、あれはもしかして伝説のスレイプニルじゃないか？」

「あなた、それって本に出てくる？」

「ああ、最後に目撃されたのが何百年も昔だという別名【深淵馬(しんえんば)】と言われる魔物だ」

「私も見たけどもっと可愛くなってた‼」

「以前は青みがかった黒色だったが、今のエクスは美しく艶(つや)のある深淵のような黒になっていたぞ」

「そうねぇ、綺麗だったわねぇ。あの鬣少しもらえないかしら」

と母ちゃんが両手で整った顔を挟みながら呟いた。

「私も欲しい！！！」

「じゃあ、今度エクスに頼んでみる」

「「やったー！」」

「わ、私も欲しいのだが……」

「でも親父、我慢できずに騎士団に自慢するだろ」

「え？　あぁ」

「そしたら模擬戦の時に俺が色んなやつに頼まれるからダメだ。マルコとか」

「そ、そんな……」

「あ、そういえばそろそろお茶会を開くから、うちと親交がある他貴族に書状を送っといてくれないか？　できれば同い年で」

「つ、遂にアルが……」

「アルもそういうお年頃なのねぇ」

「お兄様が他の女に……ブツブツ」

悲嘆に暮れる哀れな親父（これでも侯爵軍総帥）を眺めながら考える。

なんというか、旅に必要な最後のピースが揃った気がするのだ。まぁこれからは学園に通わなければいけないのだが。

ソロで史上最速でSランク冒険者になり、Sランクの伝説の【深淵馬】を従えた。

さらに、あの大帝国の重鎮であるアインズベルク侯爵家の出身だという冒険者の話は、吟遊詩人達の目に留まらないはずもなく、大陸全土でさらに謳われる存在になった。

翌朝。

「よしエクス、遊びに行くぞ」

「ブルルル！」

冒険者ギルド、バルクッド支部にて。

「おい、【閃光】が来たぞ」

「あれが噂の……」

「【閃光】様は今日も美しいわね、結婚してくれないかしら」

「おいおい、相手はあの今大陸中で吟遊詩人に謳われる【閃光】様だぞ。お前みたいな年増なんて……グハッ」

こんな光景にも、慣れたものである。

以前、俺の趣味である隠れカフェ巡りで偶然出会い、仲良くなった受付嬢に話しかける。

「おはようアンジェ」

「おはようございます！　アルテ様！　今日はどのようなご用件で？」

「従魔が進化したのでな、登録情報を変えておいてくれ」

「なるほど、わかりました。確かエクス君はBランクのバイコーンでしたよね？」

「そうだな」

「バイコーンの進化先はいくつかありますが、なんという種族になったのですか？」

「スレイプニルだ」

「えっ？　スレイプニルってあの伝説の【深淵馬】ですか？　最後の目撃例が何百年も前になるほどSランクの中でも希少な種類ですよ！」

「ああ、そうだな。じゃあ後はよろしく頼む」

「ちょ、ちょっとぉ！　待ってくださいよ！」

焦るアンジェを放って、すぐにエクスを連れてテール草原に向かう。

「エクス、スレイプニルって確か《水・雷》属性だったよな」

「ブルル」

「じゃあ治癒魔法もできるってことか？」

「ブルルル」

「ほう、そうか。じゃあ俺が手に傷をつけるから治してみてくれ」

俺はナイフで自分の指に傷をつけた。血が滲(にじ)む手をエクスに近づけると、すぐにエクスが治癒魔法で治してくれた。

「ありがとな、それに《水》魔法が使えるならこれからは水を持たなくても大丈夫だな」

「ブルルル」

「よし、じゃあ暴れてきていいぞ」

と言うと、エクスはかなり溜まっていたようで、全速力でテール草原にある道路の端っこを走り回った。

その後、エクスの《闘気》で気絶した低ランクの魔物を、駆け出しの冒険者達がホクホク顔で持ち帰ったらしい。

〜サイド他貴族〜

ブリッジ伯爵家当主【テルン・ブリッジ】は焦る。

「まさか、今になってあのアインズベルク侯爵家次男のアルテ様がお茶会を開くとは思わなんだ」

「お父様、もしかしてアルテ様ってあの【閃光】と名高い？」

「その通りだ」

「それはブリッジ伯爵家の次期当主として見逃せないわね……」

「そんなにやる気を出すなんて珍しいな！ハッハッハ！」

「もうお父様ったら……。でもアルテ様が次男というのは、本当に運がいいですね」

「ああ、婿(むこ)候補としてはカナン大帝国、いやこの大陸において最も価値があると言ってもいい。応援してるぞ、娘よ！」

「はい！この【オリビア・ブリッジ】の名に懸けて、射止めて見せます！」

カムリア男爵家当主【ロン・カムリア】は驚く。

「おい！リリー！お前宛に、アインズベルク侯爵家から書簡が届いてるぞ！」

「急に大声出さないでよ！ビックリしたじゃないの！」

「あの【閃光】様から、お茶会の誘いが届いたぞ！」

「え……あのアルテ様から？」

「そうだ」

「ふ、ふ～ん。やっと開くのね」

「嬉しそうだな」

「嬉しくなんてないわよ！」

「そ、そうか」

「まぁ、しょうがないから行ってあげるわよ！」

明らかに嬉しそうなカムリア男爵家次女【リリー・カムリア】は、何を隠そうアルテを一度見かけたことがあり、その時からひそかに思いを寄せていたのである。

「もう一年前になるかしら、バルクッドに行った時に黒馬に乗って走るアルテ様を見かけたのは……。はぁ……」

パリギス子爵家当主【イザベラ・パリギス】は微笑む。

「ルーカス、あなたにお茶会のお誘いが来てるわよ」

「え、俺に？」

「そうよ。相手はあのアインズベルク侯爵家の【アルテ・フォン・アインズベルク】様よ」

「えぇ！　あの【閃光】様から？　マジかよ……怖そうだな」

「一緒に鍛錬でもしてきたら？」

「そうだな！　剣を合わせれば仲良くなれるかもしれないな！」

「ふふふ。頑張ってね」

女帝と名高いイザベラは、愛する息子を素直に応援していた。

それと、パリギス子爵家次期当主【ルーカス・パリギス】は剣馬鹿ではあるが素直なので、実はアルテとも相性がいいのかもしれない。

何を隠そう、総勢十万を超えるアインズベルク侯爵軍に就職することは、ここら一帯では花形の職業なのだ。そのため、家を継げない貴族の子女達は自分の領軍よりも侯爵軍で出世を目指すものが多い。

このカナン大帝国には数百を超える貴族が存在し、その中の実質陸軍トップであるアインズベルク侯爵軍は一騎当千の猛者達の集まりなので、貴族の子女でも入れないことが多いのだが。

ちなみに侯爵軍の男女比は半々くらいで、騎士団の方が若干男性が多く、魔法師団の方が若干女性が多めだ。これは男性の方が体格で恵まれ、女性の方が潜在魔力が多いことも関係している。

そんな中、【鬼神】の異名で呼ばれる親父は侯爵軍総帥直下「黒龍騎士団」を扱いていた。

「おらぁ！　こんなものか！　こんな体たらくで、領民を守れるわけないだろう！」

「「「ひぃぃぃぃぃ」」」

彼らは悲鳴を上げながらも、必死に訓練を続けている。

黒龍騎士団の訓練は、他とは一線を画して厳しいことで有名なのだが、ヴァンパイアベア事件の時から、より一層力を入れているように見える。

こんな感じで、アインズベルク侯爵軍も常に進化をし続けているのだ。

そんな光景を見ながら、俺とエクスはボーっと日向ぼっこをしていた。

「おぉ。今日もやってるねぇ……」

「ブルル……ｚｚｚ」

第11話：《ツンデレ》属性の魔法師

今日も朝から、親父と剣戟を交わしていた。

「アルは強くなったなぁ！　ほら、もっと俺を追い詰めてみろ！」

「くっ。このクソ親父め！」

「ハッハッハ！　俺はまだまだ、全力ではないぞ！」

このクソ親父は、普段は隠しているのだが、剣を持つと昂って口調が悪くなる。

前世でいう、車に乗ると人格が変わるタイプの凶悪親父なのだ。

親父はこれでもアインズベルク侯爵家歴代最強で、剣術だけなら大陸でも五本の指に入る。

親父の剣術の真骨頂は『護りの剣』だ。二年前のヴァンパイアベア討伐戦で、親父が最後まで盾となり味方を守れていたのも、これのおかげだ。

アインズベルクでは他国の侵攻を止めることが一番重要なのである。二メートルはある体格と圧倒的な力を持つ親父の護りは、魔法を使わなければ崩すことは難しい。

ちなみに、俺の得意な剣は圧倒的なスピードと攻撃力を活かした『攻めの剣』と受け流しに特化した『柔の剣』だ。攻めの剣を駆使しても、高ランクの魔物を相手にしていると反撃を食らうことがある。

そして考えてみて欲しい。五メートル以上の巨体を持つモンスターの攻撃をいちいち受け止めていられないのである。というか普通に吹っ飛ばされる。そのため、上手く力を受け流す方が効率が良いのである。

親父は隙を見つけて反撃してくるが、それをすべて受け流す。普段から〈光速思考〉でいじめている俺の目は、きちんと鍛えられているので、舐めてはいけない。

お互い攻めきれずに終わると、黒龍騎士団の皆が拍手をしてくれた。


「「「お見事！」」」

「閣下、お疲れ様です」

「アルテ様も十四歳でこれほどの剣術を修められるとは、さすがですな」

「アルテ様は魔法師としても超一流ですからな、それを忘れてはいかんぞ、皆」

などと褒められると、恥ずかしいのだがもう慣れた。

そこへケイルがやって来た。

「アル様、お疲れのところ申し訳ございませんが、あと数時間で例のアレがあります」

「そうか……遂に例のアレが来てしまったか」

というやりとりをしながら侯爵邸へ向かうと、相変わらずエクスがゴロゴロしていた。

この侯爵邸の庭は、一日で周り切れないほど広いのでエクスも特に不便にはしてない。

そんな庭の一角に花が美しく咲き乱れる場所がある。ここが決戦の場所、お茶会広場である。

俺が唯一苦手な場所でもある。

遠くを見れば、呑気にエクスが散歩をしていた。

そう、この侯爵邸はSランクモンスターがブラブラ散歩しており、尚且つ優秀な衛兵が巡回しているという戦力オーバーな家なのだ。

時は少し経ち。

「アル様、皆さまがお見えになりましたぞ」

「準備はできているか？」

「はい、もちろんできております」

「じゃあ迎えに行くか」


「あなた達、お久しぶりですね」

「オリビアとルーカス、久しぶりね！」

「久しぶりだな！　二人とも！」

そう。アル以外は普通に知り合いなのである。

三人は四年の付き合いがあるので、仲は良好。オリビアとリリーに関しては親友だ。

「あたし、このタイミングでお茶会の誘いが来たのにビックリしたわ」

「そうねぇ。リリーはずっと楽しみにしていたものね」

「そうだな！　がっはっは！」

「ちょっと！　全然楽しみになんかしてないわよ！」

「そうか、それはすまなかったな」

「「「⁉」」」

三人とも俺の気配にまったく気付かないもんだから、俺から声をかけてしまった。

そして気づいてしまった。この三人の中に一人、とんでもない逸材が紛れていることに。

そのため俺は自然と呟いてしまった。

「まさか……いや、でも」

緊迫した空気の中、ここでオリビア嬢が空気を読み話しかけてきた。

「何かお気に障ることがありましたか？」

「いや、なんでもないぞ。心配かけたな」

「そうですか」

皆が安堵したところで、お茶会場に進む。

目的地に到着し、皆が着席したところで開口一番に告げた。

「別に皆、タメ口でいいぞ」

そう言うと、皆ビックリしていた。まったく俺を何だと思っているのか。

「俺は【アルテ・フォン・アインズベルク】だ。将来のために冒険者をしている。今日は参加してくれて感謝する。それと、アルテと気軽に呼んでくれ」

と言って俺は複数の光球を作り出し、大空へ飛ばした。皆固有魔法を見るのは初めてなようで、少し驚いている。

「私は【オリビア・ブリッジ】よ。《風・土》魔法が使えるわ。剣も嗜んでいて、レイピアを使っているの。典型的な魔法剣士ってところね」

オリビアは腰のレイピアを抜いて見せた後、魔法で微弱な風を起こした。心地いい。

ちょっと目線がキツい冷たい印象のあるご令嬢で、マゾッ気のある男子に好かれそうだ。

あたりまえのように言っているが、実は魔法と剣を両方修めることは難しく、魔法剣士と名乗れるものの絶対数は少ない。オリビアは優秀だ。それも攻撃的な魔法剣士として。

「あたしは【リリー・カムリア】。魔法は全属性使えて、無属性も大体使えるわ。近接戦闘は得意じゃないけど、杖術も多少できるわ。よ、よろしく！！！」

リリーは杖を出し、魔法で程よいミストを創り出した。冷たくて気持ちいい。

彼女は伝説の《ツンデレ》属性である。知識にはあったが、生まれて初めて見た。さっき会った時に、もしやと思って動揺してしまった。

今の若い世代で全属性が使えるのは妹のレイくらいだと思っていた。

でも思い出した。俺の代にも一人存在し、これまた騒がれたのだった。

やはりアインズベルク侯爵領の周りは、土地柄もあり優秀な遺伝子でも引き継いでいるのだろうか。

「じゃあ最後は俺だぜ‼ 俺は【ルーカス・パリギス】だ！ 俺は《土》魔法が使えるんだ。でも剣術の方が得意で、盾と長剣を使った型を中心にしている！」

最後のルーカスは怪力で大剣を地面に突き刺し、騎士の構えをとった。なんだか暑苦しい。

「もしかして、護りが得意か？」

「そうなんだ、よくわかったな！」

「いや、心当たりがあってな」

こいつは親父と同じ匂いがする。そしてなにより俺よりもデカい。

お茶会では事前に相手の爵位などの情報を持っておくことが鉄則なので、特に爵位を述べたりはしない。

「そういえば、三人は仲がいいらしいな」

「そうね。幼馴染といったところよ」

「オリビアとはよく買い物に行ったりするわ」

「俺は買い物に行ったりはしないが、二人とは気軽に遊べるぜ」

「ちなみに、皆の魔法のレベルはどのくらいだ？」

「私は両方〈中級〉まで使えるわ」

「あたしは全部〈上級〉まで使えるわね！　今〈超級〉を練習しているところよ！」

「俺は〈初級〉までだ……」

「凄いじゃないか。それにルーカスも落ち込むことはないぞ。うちの親父も護りの剣の型だが、学生時代は魔法が〈初級〉しか使えなかったらしいぞ。もっとも今は〈上級〉まで使えるらしいが。それに剣術の真骨頂はやはり〈身体強化〉の練度だと思うぞ」

「あの【鬼神】様が？　ちょっと元気が出てきたぞ！」

「そうだ、目指せ凶悪親父だ（ボソッ）」

「ん？　何か言ったか？」

「いや、何でもない」

そんな会話が続き、休憩を挟んで紅茶を飲んでいた時、オリビアが言った。

「アルテの自己紹介ってまだ聞いてないわよね？」

「「あ、たしかに」」

「うっかり忘れていた。別になくてもよくないか？」

「ダメよ！　あたし達だけなのはズルいじゃない！」

「そうだぞ！」

「それもそうだな。俺は一般的な属性魔法は使えない。でも先ほど見せた《光》属性の固有魔法が使える。あと剣も多少は嗜んでいるな。まぁそんな感じだ」

「な、なんか適当ね」

「実はあたし、何年か前にバルクッドに来た時にアルテが大きい黒馬に乗ってるのを見たんだけど、あれはたぶん魔物よね？」

「あ、俺も子爵領で吟遊詩人が謳っているのを聞いたぞ！【閃光】は伝説の【深淵馬】を従えるって！」

「それ私も聞いたことがあるわ」

「あぁ、それはエクスのことだな」

「「エクスって？」」

「俺の相棒だ。実際に呼んだ方が早いな」

「「呼ぶ？」」

「おーい。エクスー」

エクスはSランクなのもあって、五感が圧倒的に優れている。なので普通に呼ぶだけで来てくれるのだ。

するとすぐに、エクスがやってきた。

「ブルル」

「「「!?」」」

「この人達は、俺の友人だ。顔を覚えておいてくれ」

「ブルルル」

と、エクスの美しく長い鬣を撫でながら話しかける。

「こ、これが伝説の【深淵馬】なのね。美しいわ……」

「でっか……」

「やっぱSランクは伊達じゃないな！　なんというか、ピリピリするぜ！」

「それはエクスが《雷》魔法を使うからだな。体から魔力が溢れているのだが、その余波だ」

「そうなのね……」

「もういいぞ、エクス。ありがとな」

「ブルル」

なんて会話を終えるとエクスは少し離れた場所で、ぐでーっと寝転がってゴロゴロと日向ぼっこを始めた。

「なんか自由な奴だな」

「そうか？　いつもあんな感じだぞ？」

「従魔は主に似るってよく聞くけど、こういうことなのね」

「な、なんか可愛いわね／／／」

と三者三様の反応を見せた。


「そういえば、エクスとはどこで出会ったの？」

「そこらへんで拾った」

「「そこらへんで拾った？」」

テール草原でボロボロのエクスを拾った時のことを思い出し、感傷に浸る。

「な、エクス」

「ブルル」

エクスもあの時のことを思い出したようだ。


「ま、そんなことは置いといて」

「そんなことってあんた……」

「そろそろ手合わせでもするか」

「そうね」

「そうだな！」

忘れてはいけない。自己紹介からわかるように、俺達全員武闘派なのだ。それに、俺自身同い年のレベルがよくわかっていない。

ここにいる三人は恐らく同年代ではトップクラスなので、実際に戦ってみることでその指標が大体わかる。来年の学園試験において、これほど役立つ情報はない。

ちなみに俺は学園試験に全力で臨む。それには理由があって、それは後々説明するとしよう。

「暇そうだし、エクスもいくか？」

「ブルル」

「そうか」

ここでしばらく昼寝するらしい。

こうして、エクスを除いた俺達四人は侯爵軍の訓練場に向かうのであった。

第12話：【星斬り】はヤンデレ

しばらく会話しながら歩き、侯爵軍の訓練場に到着。その間何人かの騎士や魔法師とすれ違った。

「「「お疲れ様ですアルテ様」」」

「皆もお疲れ」

「ところで、そちらの方々はご友人ですかかな？」

「そうだ」

「「「!?」」」

「な、なんと……遂にアルテ様にもお友達が……」

「今日は雪が降るかもしれませんね！」

「いつも一人なので、前からずっと心配してたんですよ、私達」

「やかましいわ」

まるで俺がボッチみたいじゃないか。やめてくれ。

「ご友人の方々、是非アルテ様と仲良くしてあげてください」

「もしアルテ様が迷惑をかけても、大目に見てあげてくださいね」

「私が早めに皆様に謝っておきます。本当にすみませんでした」

「なんじゃ、そりゃ」

「では我々は仕事に戻りますので、これにて」

「おう、頑張れよ」

と言って、三人はヒラヒラと手を振りながら仕事場に向かったので、俺も小さく手を振った。


「うふふ、アルテって愛されてるのね」

「なんだか、全然イメージと違ったわ！　侯爵軍はもっと怖い人達が多いと思ってた！」

「俺もあんな騎士になりたいぜ！」

「そうか？　昔からこんな感じだが」

アイツらはあんな感じなのに腕は確かだから面白い。うちは良い騎士が揃っているからな。

ちなみに侯爵軍は総勢十万人もいる。中でも、このバルクッドに駐在しているのは大体二万～三万人程度だ。他は任務や他の都市の警備にあたっている。顔を覚えるのが苦手な俺でも、いつもここら辺で働いている騎士達の顔くらいは覚えているのだ。

騎士が二万人以上もいるため、訓練場も非常に広いし、その数も数えきれないほどにある。

朝のうちに予約しておいてよかった。

「広いわねぇ」

「ここだけでもあたしん家の敷地より広いわ！」

「滾ってきたぜぇ！」

なんか一人興奮しているやつがいるが、放っておこう。

「あ、その前にアルテの剣見せてくれない？」

「あ〜いや、別にいいんだが」

「どうして渋るのよ！」

「俺も見たいぞ！」

「自分でも変なこと言っているのは承知なのだが、今は剣の機嫌が悪くてな」

「なによそれ、剣が生きてるみたいな言い方ね」

「俺の剣は【星斬り】っていう名前なんだが、自分以外の剣を使うと高確率で拗ねるんだ」

「「？」」

「まぁ見せた方が早いな。ほれ」

そう言いながら、ドワーフのおっちゃんに作ってもらった鞘から星斬りをゆっくりと引き抜く。

すると、星斬りから膨大な魔力の奔流がマグマのように噴出した。三人が固まっているので、すぐに戻してから話しかける。

「な？」

三人はコクコクと頷く。そして何もなかったかのように、俺は言った。

「さーて、じゃあまずは剣の模擬戦からだな」

「何もなかったかのように話を進めるんじゃないわよ！」

「そうだ！　説明しろ！」

「そうね、私も聞きたいわ」

「説明することも特にないのだが。しいて言うなら、この前魔力をいっぱい込めたら、ああなったんだ」

「形も少し変わっているようだけど、元からああなの？」

「その時に形もちょっと変わった」

「変わったんかい！」

　ツンデレ娘からツッコミをもらったところで詳しく話すと、実はあの時尋常じゃないくらいの魔力を込めたのだ。それを《光》魔法に変換したらバルクッドなんて跡形もなく吹き飛ぶぐらいに。

　その結果、【星斬り】という世界に一本のヤンデレソードが生まれたわけである。

　このヤンデレソードは、模擬戦の際に少し他の剣を使うだけで拗ねるのだ。そういう日は依頼を受けて暴れまわったりして機嫌を直すのだが、今日はその時間がなかった。

　あれ？　じゃあ模擬戦で少し振るってあげれば機嫌が直るのでは？

「というわけで、やっぱり俺は【星斬り】で相手するからお前達も自前の武器を使ってくれ」

「どういうわけよ……」

「やっぱりそうじゃなくっちゃな！！」

「あたしは剣は普段使わないからパスするわ」

「さすがに怪我をしたらまずいから、〈身体強化〉はなしな。あくまで剣術の練度を見せてくれ」

「あ、あと俺からは攻撃をしないからな。これは舐めてるとかじゃなくて、俺は〈身体強化〉を使わない場合、受け流しに特化した『柔の剣』を得意としているからだ」

まずは訓練場の真ん中でルーカスと向かい合う。

「よし、いいぞ」

「おう！　いくぜ！」

俺は戦いの脳に切り替える。

（頼むぞ、相棒）

と脳内で語りかけながら星斬りを鞘から抜く。

『もう！　しょうがないわね！』

という意思が伝わってくる。

そして俺と星斬りは一体化する。〈身体強化〉を使っていないし、魔法的な効果も一つもない。ただ俺とこいつの魔力のパスを繋げるだけ。しかし、俺達の中のギアが何段階も上がる。

「ふぅ」

深呼吸をし、五感と集中力を高める。

その瞬間、俺の体から自然と《闘気》が流れ出す。

「⁉」

ルーカスが何やら動揺しているが、そんなのは知らん。もしかしたら、俺のことを多少舐めていたのかもしれないな。実際同い年な上に、覚醒者って、基本的に魔法師ばかりだし。

「う、うおぉぉぉ！」

まずはルーカスの歩みの速さ、ルーカスの足さばき、身体の軸と視線の動かし方で、何をしてくるのかを予測する。

これは左からの袈裟斬りだな。それにしては少し距離が離れすぎているので、振り下ろした後に逆袈裟斬りで右下からの振り上げを狙っている。

カキンッ。キンッ

「やっぱりな」

お、次は力いっぱいの真上からの振り下ろしか。これはいい判断だ。技でダメなら、力でごり押ししようというわけだな。潔(いさぎよ)くていい。

だがこれも、俺が右に一歩ズレて、ルーカスの剣の一番力の籠っている部分に、星斬りを合わせるだけ。

「⁉」

「さすがに受け止めるのは嫌だぞ」

最初に言ったじゃないか、俺は受け流しメインだって。

そのまましばらく剣戟が続き、遂にルーカスは諦めた。

「こ、降参だ。ハァハァ」

なんかハァハァ言ってるし、ちょっとからかってみるか。

「ハァハァって、興奮しているのか？」

「疲れてんだよ！！！」

俺とオリビアはボケで、リリーとルーカスはツッコミに特化しているのかもしれないな。などと余計なことを考えていると、

「なぁ、アルテって覚醒者で魔法師なんだろ？　しかもSランクのエクスもいるのに、なんで剣術まで化け物なんだよ！」

「自己紹介で『剣術も多少は嗜んでる』って言っただろ」

「多少ってレベルじゃないだろ……」

「まぁアレだ。剣術は魔法より得意じゃないんだ」

「なわけないだろ！　はぁ、まぁいいか……」

と適当なことばっかり言ってると、遂にツッコミに特化したルーカスが折れた。

「あ～あ、ルーカスが折れちゃったわね」

「折れたっていうか、くたびれてるだけじゃないの？　あれ」

「でもいい剣だったぞ。ちょっと素直すぎるところがあるが、それでも普段の努力が垣間見えた。それに今回は盾もなかったからな。本来の力じゃない」

「おう！」

ルーカスは笑顔で喜びながら返事をした。素直なのはいいことだ。

「よし、温まってきたところで次はオリビアだな」

「絶対に一撃食らわせてやるわ」

「もし怪我したら、あたしが治癒魔法かけてあげるからね！」

（うふふ、どさくさに紛れてアルテの腹筋とか触ってやるんだから！）

「頑張れ！　オリビア！」

「俺も応援してるぜ！」

なんかリリーがゲスな笑みを浮かべているが、見なかったことにしよう。

そして、オリビアと対峙する。

「さぁ、こい」

「対峙すると、凄い《闘気》なのね」

オリビアは、すぐに突進せずに、不思議なステップでちょっとずつ刺突攻撃をしかけてきた。

このレイピアの波状攻撃はどこかで見覚えがあるな。

傍から見れば凄い猛攻だが、オリビアは全然本気を出していない。

あ、思い出したぞ。

Bランクくらいの地竜と戦った時のことだが、あいつは尻尾にある棘を飛ばしてきたんだ。一瞬で再生してすぐに飛ばしてくるのだが、こちらが隙を見せた途端、倍の力で本気で棘を飛ばしてきたのだ。あんなおっとりした感じなのに、とても性格の悪い攻撃をしかけてきた。

まぁ結局すぐ討伐して俺の防具になったのだが。

というわけで、これは俺が隙を見せるまで本気出さないのだろうな。ならしょうがない。

俺はわざと受け流しを失敗して、星斬りを大きく弾かれたフリをした。

それを見たオリビアはニヤリと笑みを浮かべ、本気で刺突をしてきた。

現在星斬りは俺の右側に弾かれているので、彼女は一番防御のし辛い左肩を狙ってきた。

しかし当たる瞬間、俺は両足をカクっと折ってレイピアを潜るように躱す。

そして真上にあるオリビアの右手を掴んで、そのまま星斬りを下から首元に突きつけた。

「くっ。降参よ、降参」

「オリビアは性格が悪いな」

「なっ、なによそれ。普通は褒めるところじゃない？」

「オリビアは地竜と一緒だな」

「なんか私、貶されてる？」

「いや、褒めてるぞ」

「まぁいいわ、はぁ……」


「あ、あのオリビアが折れたぞ！」

「折れたっていうか、くたびれてるわね。あれ」

　さっきも聞いたようなやり取りをしている。俺は普通のことを言っているつもりだ。

　やっぱり変わっているな、あの三人は。

「てなわけで、反省会をしようか」

「イェーイ！」

「反省会ねぇ」

「あたしも気になる！」

「まずはルーカスだ。ぶっちゃけ、最初俺のこと舐めてたろ？　その時点でお前の負けだ」

「だって、アルテの本業は魔法だと思ってたんだから、しょうがないだろ！　それに『俺は攻撃はしないから』とか言ってくるし……」

「じゃあこの殺る気満々のヤンデレソードで攻撃してもよかったのか？」

「それは嫌だけど……」

「というかあんた【閃光】の噂知らないの？」

「え？　噂って？」

「【閃光は星を斬る】って」

「え？　それはレアな剣を手に入れたからじゃないのか？」

「聞いた話だと、十二歳の頃にSランクモンスターの首を一瞬で飛ばしたって」

「ほ、本当か？　アルテ」

「ああ」

「それを早く言えよ！！！」

「だって聞かれてないし」

「まぁ確かにそれなら仕方がないな」

「そうだな」

「ルーカス、あんた急に折れるのが早くなったわね」

なんて会話をしていると、オリビアの視線がこっちに向いた。さっさと反省会を進めて欲しいようだ。

「じゃあ次はオリビアだ」

「お願いするわ」

「オリビアは最初、全然本気出してなかったろ？」

「え？　そうなの（か）？」

「ええ、そうね」

「その時俺は、隙を見せないと進まないなと思って、わざと失敗したフリをした」

「要するに私は誘い込まれたってわけね」

「そうだな」

「で？　地竜って何なの？」

「昔、討伐した地竜が同じような戦い方をしてきてな」

「地竜って、あのおっとりした感じの竜よね？」

「ああ、あのおっとりしたやつだ」

「はぁ、なんかアルテと話していると気が狂いそうになるわ。それ素でやってるの？」

「ん？」

「はぁぁぁぁ」

なぜか溜息を吐くオリビア。

「オ、オリビア……」

「なんだか可哀そうになってきたわ……」

なんだか見ていて面白いな、この三人は。

「やはりお前達三人は変わっているな」

「あんたよ！！！！！」
「お前だよ！！！！！」
「あなたでしょ！！！！！」

「？」

また俺達は、リリーとの模擬戦の前に、昼食を取ることにした。

第13話：リリーとの模擬戦とアルメリア連邦

　リリーとの模擬戦を前に、俺達は昼食をとっていた。

「あたし、こんな美味しい料理食べたことないわ！」

「確かに、美味いな！」

「美味しいわね」

「うちの料理長は優秀だからな」

　アインズベルク侯爵家の調理場には、俺がお土産代わりに持ってきた高ランクモンスターの肉が豊富にあるので、毎日絶品の料理が出されるのだ。

　ここでリリーが、気になることを話し出した。

「急に話を変えるけど、皆アルメリア連邦の噂知ってる？」

「あぁ、もちろん知ってるぞ」

「なんだそれ？　俺知らないぞ！」

　オリビアが、めんどくさそうな顔をして答える。

「戦争強硬派が穏健派を飲み込んだ話でしょ？」

「前々からそんな感じはしてたしな」

「俺、母さんから聞いてない……」

「人間至上主義だか何だか知らないけど、うちの国にちょっかい出さないで欲しいわよね！」

アルメリア連邦の人口は約十億で、そのほとんどが人間だ。遥か昔から人間至上主義を掲げており、エルフやドワーフ、獣人などの人族の中で亜人に分類される種族を迫害し続けた。

その結果、たくさんの亜人達がこのカナン大帝国に避難してきたのである。アルメリアはそのことを未だに根に持っており、戦争強硬派が主流になった今、この国に牙を向ける時は近いのかもしれない。

アルメリアでは遥か昔から亜人を嫌悪するような教育が行われている。すなわちもしカナン大帝国を攻める時になったら、多くの亜人嫌いが徒党を組み、嬉々として攻めてくるだろう。

ちなみに、このバルクッドは人口の三～四割程度が亜人である。屋敷の使用人にも亜人がたくさんいる上に、ギルド長のメリルや受付嬢のアンジェ、ドワーフのおっちゃん達も亜人である。

この国を陸から攻めようと思ったら、まずバルクッドが戦場になってしまうので、彼女らに危険が及ぶ。

「まぁ、でも大丈夫だ」

「なんでそうなるのよ……」

「俺がいるからだ」

「「……」」

「連邦の覚醒者だかなんだか知らんが、もし攻めてきたら全員叩き潰して、逆にこちらから攻め込んでやる。この国を攻めるということは、そういうことだ」

俺としては当たり前のことを言ったつもりなんだが、三人はなぜかキラキラした目を向けてくる。

「なんかカッコいいわね」

「アルテのくせにね！」

「俺もそれ言いたい……」

「じゃあ、とりあえず模擬戦しにいくか」

「「「ええ……」」」

再び訓練場にて。

「リリー」

「ん？　なによ」

「この訓練場には強力な〈結界〉が貼ってあるから、思う存分暴れてくれ」

「わかったわ」

毎日侯爵軍がドンパチやってるこの訓練場は、そんなにヤワじゃないのだ。

「いくわよ！」

「ああ」

俺が返事をしたタイミングで、リリーは魔力を練り、すぐに《火》属性の〔上級〕魔法である〈ファイアランス〉を五重展開して飛ばしてきた。

魔力を練ってからの発動が早いし、魔力の流れも無駄がなく美しい。

「これは……」

「食らいなさい！！！」

俺は思わず〈光速思考〉を起動し、《光》の魔力を纏った〈身体強化〉……〈光鎧〉も発動する。

（この〈光鎧〉は、以前戦ったヴァンパイアベアの見よう見まねで起動していた〈身体強化〉と違って、魔力の無駄をなくし、攻撃力とスピード、さらに防御力まで格段にアップしたものである）

何千何万分の一に凝縮された世界の中で考える。

リリーはこの魔法を発動した瞬間から、俺の上下左右に向けて何百という数の《風》属性の〔初級〕魔法〈エアスラッシュ〉を放つために、魔力を練っている。それも凄まじいスピードで。

リリーは俺の《光》魔法は護り向きではないと考えているようだ。でも俺がどこに回避するのかはさすがにわからないので数でゴリ押そうとしているわけだな。

実際、〈光鎧〉を展開した今ならある程度の攻撃を食らっても平気なのだが、それではつまらない。

それに、この俺が魔法から身を護る術を習得していないわけがない。

俺はすぐに【星斬り】を抜く。

そして、五つの〈ファイアランス〉をすべて正面から叩き斬る。星斬りは万能なのだ。

そして俺の周りに〈エアスラッシュ〉が放たれるが、そもそも俺は範囲外にいるわけで。

「ちょ、ちょっと！　何よそれ！」

「ん？　なんのことだ？」

「なんのことって、どうやってるかわからないけど魔法を斬ってるじゃないの！」

「普通斬れないのか？」

「斬れるわけないじゃない！　聞いたこともないわよ、そんなの！」

「こう、スパッとやるんだ」

俺は星斬りで素振りしてみせる。

「見せられてもわからないし、そもそもそういう問題じゃないわ！」

この前冒険者の依頼でモンスターと戦っている時に、なんとなく斬れそうだなと思って星斬りを振ったら斬れたのだ。

星斬りが他と違うのは、常に魔力を纏っているということ。つまり魔法は、その魔法以上に濃い魔力の何かで叩き潰したり斬ったりすると、霧散する。

それから再びリリーは諦めずに、色んな魔法を飛ばしてきた。

〈光速思考〉と〈光鎧〉を展開して移動と回避を繰り返しながら、当たりそうになった魔法をすべて叩き斬る。

しかしリリーは、俺の逃げる先に一番効率のいい魔法を毎回ピンポイントで放ってくるのだ。

リリーは紛れもない天才である。

しかも、魔力量も尋常じゃないので、雨のように放ってくる。

このままでは埒が明かないので、久しぶりにあの魔法を使う。

とても便利だが、戦いが劇的につまらなくなるあの魔法だ。

〈光学迷彩〉

リリーは俺を見失った。

「どこよ！　どこにいるのよ！」

そして俺はリリーの真後ろで囁く。

「ここだ」

「うわっ、きもっ‼」

「きもいって、言うな」

「はぁ、降参。魔力もほとんどないし」

そして、すぐに反省会を始める。

「リリーの悪いところは特になしだな」

「ほんと？」

「あぁ、すべて完璧だったぞ」

「リリー嬉しそうね」

「嬉しくないわよ！」

ルーカスが問いかける。

「そういえば、俺達の時は得物が【星斬り】な上にアルテは受け流しが得意だから、攻撃しなかったのも理解できるんだが、なんで今回も攻撃しなかったんだ？」

「あー、なんていうか俺の攻撃魔法はゼロ百なんだよ」

「手加減できないってこと？」

「簡単に言えばそうだ」

「そこを詳しく教えて欲しいわね」

「そうよ！　教えなさい！」

「最低でも失明するか、身体のどこかを魔法が貫通するな」

「そ、そうなのね」

「アルテ、ナイス判断だぜ！」

「使い勝手の悪い魔法ね！」

そしたらオリビアが疑問に思ったのか、聞いてきた。

「覚醒者っていうのは、皆こうなのかしら」

「確かに、皆アルテくらい理不尽だったら、戦争が起きても平気そうよね」

「俺も覚醒者になりたいな！　俺は結局《土》魔法しか使えないし！」

「わからんな、会ったことないし。あとルーカス、固有魔法ってのは、魔法書が存在しない。だから自分の力で切り開いていくしかないんだ。かなり面倒だぞ」

「じゃあやっぱ嫌だ！」

「そっか」

「なんか単純ね」

無事模擬戦は終了し、三人は帰宅することになった。

「じゃあ、またな」

「今日は楽しかったわ。ありがとね」

「しょうがないから、また来てあげるわ！」

「また会おうぜ！　親友！」

「おう」

「そうだな」

ルーカスとは、いつの間にか親友になっていたらしい。

夕食にて、俺は家族に昼間のことを話した。

「アル、お茶会は上手くいったそうじゃないか」

「たぶん、上手くいったと思う」

「よかったわねぇ」

「お兄様、女と仲良くなったの……？」

「ん？　ああ」

「チッ」

「ま、まぁとりあえず、来年からの学園は問題なさそうだな！」

「そ、そうねぇ」

「そうだな」

そして食事の終わり頃、思い出したことがあり親父に問う。

「なぁ親父、俺以外の覚醒者って、どんな感じか知ってるか？」

「少しなら知ってるぞ。覚醒者ってのはなぜか自由人が多くて、滅多に世に出てこないのだが、それでも何人か帝国軍に所属しているからな」

「それで？」

「俺が知ってる奴は、固有魔法《反射》を使ってたやつだ。本人曰く、大体の攻撃は反射できるらしい」

「ほほう。他は？」

「話したことはないのだが、《浮遊》と《封印》ってやつらだ」

「なるほど、よくわかった。ありがとう」

「おう、これでも国の重鎮だからな。また何か気になることがあったら頼ってくれ」

「ああ」

覚醒者は、攻撃に向いていない者も結構いそうだな。攻撃に向いてるやつでも、それを使いこなせなければ意味はない。

この固有魔法《光》は、前世の記憶があり、尚且つ戦闘のセンスがある俺だからこそ使いこなせているわけだ。もしそこら辺の一般人が覚醒しても、ピカピカ光る程度にしかならないのは想像に難くない。

その後、風呂に入りながら他の覚醒者について考えた。

「やっぱり、他の覚醒者は当てにならない。そもそもどこにいるのかわからないし」

アルメリア連邦のやつらがいつ攻めてくるのかは知らないが、大体想像がつく。

「陸から攻めてくるなら、『帝蟲の巣』の氾濫に合わせてくるだろうな」

　実は最近バルクッドのギルド長メリルから、とある書簡が届いたのだ。内容を簡潔に説明すると、この前の地震の影響でAランクダンジョン『帝蟲の巣』内の魔物が急激に増え、氾濫が起こる可能性が高いらしい。なぜ地震で魔物が増えるのかはよくわからんが。

　カナン大帝国にも、アルメリア連邦を含めた他国の間者がたくさん紛れ込んでいる。そのため高ランクダンジョンの氾濫という、絶好の機会を利用しないはずがないのだ。

「そろそろ戦闘にも慣れてきたし、『帝蟲の巣』を見に行くか。ダンジョンボスを討伐するのは確定なんだが、問題はダンジョンコアをどうするかだな」

　ダンジョン内のモンスターが増えている原因が未だにハッキリとわかっていないので、慎重に対応しなければならないのだ。

「学園試験まで時間がないし、早めに終わらせよう」

　そう、学園試験では実技を含めた全部の科目で一位を狙っている。なぜなら、試験で一定以上の好成績を残すと、その科目の単位が免除になるからだ。

　その空いた時間を使って帝国で最も蔵書数が多い図書館で勉強したり、エクスと帝都近郊のダンジョンにもぐったりしたい。

「自由な学園生活を送るために、今がんばっとかないとな」

第14話：犯罪組織「九尾」

季節は秋。少し肌寒くなり、心なしか人々の往来も減ってしまった。

それもそのはず。なぜならバルクッドは冬になると大雪が降り、馬車もほとんど使えなくなるからだ。

また、冬にはあらゆる生物の活発性が落ちる。雪が積もり、植物が枯れる。

そのため、ここら一帯では冬眠する魔物が多い。自然は厳しいのである。

もちろん冒険者の仕事も減ってしまう。

結果、冒険者としてバルクッドに出稼ぎに来ている者達が地元に帰省するので、人々の往来が減るというわけだな。

まぁ、シンプルに寒くて人々が家から出てこないという理由もあるが。

ちなみに、兄貴は今学園で青春を謳歌（おうか）しているらしい。何よりである。

そんな日の夕食にて。

珍しく親父が落ち着いた声で話を切り出した。

「今日は皆に話さなければいけないことがある」

この雰囲気は結構真面目なやつだな。とりあえず聞いてみるか。

「アインズベルク侯爵軍諜報部の報告によると、現在バルクッド内に犯罪組織『九尾』のメンバーが紛れ込んでいる可能性が高いらしい」

それを聞いた母ちゃんは、驚いた様子で親父に聞いた。

「え、九尾ってあの世界中で暗躍しているっていう？」

「そうだ。その九尾だ」

俺とレイは首を傾げた。なんじゃそりゃ。

「ちょっと詳しく教えて欲しい」

「私も知りたい！」

「確かにまだ二人には説明したことがなかったな。九尾は俺とアリアがまだ帝都で働いていた頃から問題視されて……」

親父が長々と説明してくれたので、それをわかりやすくまとめよう。

まず九尾っていう組織は、その名の通り九人の幹部を中心とした犯罪グループだ。

全体の人数は不明で、支部や本部を発見されたことすらないらしい。トップの九人がクソ優秀なんだろうな。もしかして全員覚醒者だったりして。

でもまぁ覚醒者の中にも馬鹿な奴はたくさんいるだろうし、一概には言えないな。

この組織に仕事を依頼する時は特定のルートから行うらしい。そこで変な動きを見せるとすぐメンバーに逃げられてしまうので、足取りを掴むことはほぼ不可能。

気になる仕事内容だが、金さえ払えば何でも請け負うようだ。

だが魔物の依頼は基本的に冒険者ギルドを利用すればいいので、自然と暗殺や誘拐、窃盗などの対人依頼が増えたのだと思う。

それで結局、大規模な犯罪組織と認識されるようになったと。自分達で自称しているわけでもなさそうだしな。

また、活動範囲は世界中である。

『エルドレア大陸での活動が最も活発！』とかであれば『ああ、本部はうちの大陸にあるんだな』ってわかるのだが、別にそういうわけでもないらしい。トップの情報操作が上手いと大分面倒だよな。

なぜこの犯罪組織が世界中で幅を利かせているのかというと、お察しの通り貴族や王族同士の暗殺で重宝されているからだ。それはもちろん、その国内だけで留まるわけではない。

貴族Aが隣領の貴族Bの暗殺依頼を出すこともあれば、貴族Aが隣国の貴族Cの暗殺依頼を出す時もある。

ここで話を戻そう。

「でもバルクッドは帝国で唯一連邦と接している辺境でもあるし、別に九尾のメンバーがいてもおかしくないと思う。なんなら支部があっても驚かない」

「その通りだ。しかし問題はここからで、その紛れ込んでいるメンバーが九尾幹部の一人らしい」

「それは面倒になってきたわねぇ」

「というと？」

「あのね。九尾って組織は、大きな仕事の時にしか幹部が動かないの」

「例えば？」

「国家が傾くような計画を遂行する時や、王族皇族の暗殺の時ね」

「じゃあ天下のアインズベルク侯爵家の暗殺もそれに当てはまりそうだな」

「そうなのよね」

ここで親父が、苦悶の表情で言った。

「まだ俺が狙われているのであれば良いのだが……」

母ちゃんがレイの方を向く。

「レイが狙われている可能性が高いのよねぇ」

「え、私⁉」

だよな。俺もそう思う。

まず【鬼神】である親父を狙っても暗殺失敗の可能性が高い。

次は母ちゃんだ。侯爵家夫人を狙うのはアリっちゃアリだが、一般的な貴族家の場合、夫人を暗殺してもダメージが少ないし、損切されるだろう。まぁ親族はブチ切れだが、政治的に考えて、の話だ。

また女性当主も多いので、その場合のポジションは夫になるな。

てか母ちゃんは、こう見えてバリバリの現役魔法師なのだ。失敗が目に見える。

最後は俺達兄妹だ。若い目を摘むという視点では結構アリ。

ぶっちゃけ一番狙われそうなのが次期当主である兄貴。

今兄貴は帝都にいるのだが、帝都のセキュリティはいい意味でとんでもないので、大丈夫だと思う。普段は猛者ばかりの学園にいるし。一応書簡でも送っておこう。

そもそも帝都の兄貴を狙っているのに、幹部がバルクッドに長居する必要がない。デコイ要員にしては豪華すぎる。もし俺達の気を引きたいのなら、もっと他に効果的な方法があるよな。

俺に関しては言うまでもないだろう。暗殺難易度が高すぎる。

以下の理由でレイが狙われる可能性が一番高い。消去法ってわけだな。

相手の目的がわからないので、まだハッキリとは言えない。でも幹部が動いたということは十中八九暗殺か誘拐だろう。

「アインズベルク侯爵家親族の暗殺とか、どんだけ金払ったんだよ……」

「依頼者はどこかの国の王族でしょうね」

「一番考えられるのは連邦の首長だな」

レイが目尻に涙を浮かべながら、俺の手をギュッと握った。

「私まだ死にたくないよ……」

「大丈夫だレイ。うちには親父に母ちゃん、俺、それにエクスだっているんだ。絶対に守って見せる」

「そうだ。侯爵軍の警備も最大限に増やす予定だ」

「夜は私の部屋で一緒に寝ましょうね、レイ」

「うん……」

わかりにくいとは思うが、侯爵家の誰かが狙われていると判明した時点で、俺と親父、母ちゃんの三人はブチ切れているのだ。表には出していないが。

それがレイなら尚更。今は冒険者活動や勉強をしている暇はなさそうだな。

翌日、俺は朝から部屋に籠り、あるものを量産していた。

それは赤外線トラップである。以前、魔法陣を創ることを決めた時から、ちょくちょく研究を重ねていたものが、先日完成した。今回は手あたり次第にこれを仕掛けていこうと思う。

ただ筆を滑らせるだけの単純作業なので、頭で色々と考えながら進める。

「〈結界〉があれば、どれほど楽だったか……」

以前も言ったが、大きな〈結界〉を張るには多大な時間と資金が必要なのだ。実際、大きな〈結界〉が張れているのはカナン大帝国の帝都、アルメリア連邦の首都、カリオス教皇国の皇都くらいだろう。

まぁ今更嘆いても何も変わらないので、今はできることをするだけだ。

「覚醒者でなければ、こんなに苦労はしないんだけどな」

敵が覚醒者の場合、何の固有魔法を使ってくるかわからない。だから大変なのだ。

アインズベルク侯爵邸は超デカいので、中には常にたくさんの使用人がおり、衛兵も巡回している。また、敷地内も常に何十人もの侯爵軍の騎士や魔法師が巡回している。

城壁は高いが、優秀な覚醒者からすれば乗り越えるくらい屁でもないだろう。

「ったく、最悪だな」

何よりレイが狙われているというのが、気分が悪い。

我が家の天使に何かしたら只じゃ済ませないからな。もし逃げてもエクスに乗って地の果まで追いかけてやる。

現在レイは俺の隣で寛いでいる。

彼女は今までの振舞いからわかるようにかなり活発なので、勉強以外の時間は普段外にいる。

エクスと散歩に行ったり、白龍魔法師団の訓練に混ざったり。

しかし、今はそれができない。できるだけ早く解放してあげたい。

「アル兄様、何しているの？」

「これは何者かが侵入したら、俺に教えてくれる魔法陣なんだ」

「なにそれ、すごい！！！」

「レイには指一本触れさせせんからな。安心してくれ」

「うん！　お兄様大好き！！！」

と言い、俺に抱き着いてきた。大天使である。

ちなみに先ほど勉強を終わらせたので、今日はずっと暇らしい。

窓から外を見たりすると敵に場所がバレる可能性があるので、レイはそれもできない。

「はやくエクスに会いたいなぁ」

「一応、昨日までは毎日遊んでたろ？」

「そうだけど、毎日エクス成分を摂取しないと落ち着かないんだよねー」

「それはわかる」

「じゃあその代わりにアル兄様成分を補給しちゃおっと！」

「ほどほどにな」

レイは俺の背中に顔をうずめてクンクン匂いを嗅いでいる。


あと、すでにエクスにも事の経緯を話してあるので安心して欲しい。

あの食いしん坊馬は今頃母ちゃんの所にいると思う。護衛兼、暇潰し要員として。

親父は九尾の幹部を返り討ちにするつもりなので、いつも通りの生活を送っている。

兄貴についても心配はないらしい。


そんな状況が何十日も続き、遂に一ヵ月が経過した。

この一ヵ月間、親父は侯爵軍を動かし、バルクッドだけでなく近隣都市も隅々まで調査した。

結果それっぽい基地をいくつか発見したが、すでにもぬけの殻だった。

たぶん九尾以外の犯罪組織が昔使っていた隠れ家だろうな。

その日の夜、初めて赤外線トラップが反応した。

「!?」

俺はあの日の夜から冒険者の装備のまま寝ているので、壁に立てかけてある【星斬り】を持ち、窓から飛び降りた。

相手もバレていないと思っているだろうから、〈光鎧〉は起動せず、〈光探知〉だけ起動して静かに移動した。

比較的屋敷の近くだったので数秒で到着した。

しかし、そこには誰もいなかった。屋敷の中に入った様子もないし、気のせいか?

エクスも異変に気付き、離れた場所からこちらに向かっている。

「よう、エクス」

「ブルルル」

「数秒前にトラップが反応したんだが、誰もいなかったんだ。騒いですまなかったな」

「ブルル」

「どうしたんだエクス。ただのネズミだろ?」

エクスは近くにある木の根元に隠れているネズミをジッと凝視している。

ネズミなんて敷地内でよく見かけるし、その木には鳥だって何羽かとまっている。

いや、ちょっと待てよ。Sランク魔物であるエクスは、俺なんかよりも五感が優れている。

もっと言えば、魔力を感じる能力である第六感も優れている。

エクスは普段、そこら辺の小動物にはまったく興味を示さない。

今の状況は何かおかしい。

「少し見に行ってみるか」

「ブルル」

俺とエクスは木の根元で怯えているネズミにゆっくりと近づいた。

前世も漫画でもよく使い魔みたいなのが出てきた。視界とか共有できるやつ。

「なぁお前、使い魔ってやつか？」

するとネズミは口を開いた。

「チッ。バレたか」

ネズミは高くジャンプした後、空中で蝙蝠に変身し、そのまま飛んで逃げた。

「エクス、追いかけるぞ」

「ブルルル」

俺はエクスに跨る。そのままエクスは高く跳躍し、城壁を跳び越えた。

もう大分遠くまで逃げられたが、エクスの足ならすぐに追いつく。

あれは使い魔じゃなくて覚醒者本人だな。ネズミから蝙蝠に変身する時、一瞬だけ人間特有の魔力が漏れた。というかオッサンみたいな声で喋ったし。

たぶんエクスはネズミの時からそれを感じ取っていたのだろう。

Sランクモンスター、恐るべし。

「この距離なら当たるだろう。〈光の矢、二重展開〉」

俺はエクスの上から魔法を放った。前世でいう流鏑馬(やぶさめ)のように。

蝙蝠は一本目をギリギリ回避したが、二本目は避けきれず片方の羽を貫通した。

「痛ってぇ！」

なんてセリフを吐きながら、下に流れている川に落水した。血で水が滲んでいる。

「今度は魚に変身して逃げやがったか。面倒だな。追うぞエクス」

「ブルルル」

アイツの魔力は覚えたから絶対に逃がさない。言っただろ、地の果てまで追いかけるって。

あとここで追い打ちをかけてもいいのだが、この先にある広場で叩きのめした方が良さそうだから、あえて見逃した。そっちの方が、被害が少ないし。

しばらく追跡すること約十分。俺達は広場に到着した。その広場を半分に割るように、真ん中に川が流れている。今奴もそこを必死に泳いでいる。

「エクス。《雷》魔法を頼む」

「ブルルル」

エクスは強靭で長く、美しい角から雷を放ち、川全体に感電させた。

「ギャァァ！！」

　覚醒者は川から飛び出し、変身を解除して広場に倒れた。

　裸だと思いきや、しっかりと服を着ている。便利な魔法だな。

「うわ、腕に穴が開いている上に丸焦げじゃないか。可哀そうに」

「ブルル……」

「いや、おめぇらがやったんだろうが」

　と言いながら立ち上がった。

「あの有名な犯罪組織『九尾』の幹部のくせに、ノリがいいじゃないか」

「それよりもあんちゃん【閃光】だろ。あの有名な」

「そうだが」

　すると男は両手を合わせて謝罪してきた。

「もう絶対やんねぇから、ここはひとつ見逃しちゃあくれねぇか？　この通りだ」

「お前みたいな奴の言うことなんて信じるわけがないだろう」

「だよなぁ」

「死ぬ前に一つだけ教えてくれよ、誰を狙ったんだ？」

「そりゃおめぇ、レイちゃんよ」

　普通そういうことは話しちゃ駄目だろ。馬鹿なのか？　こいつは。それとも俺を逆上させる狙いか？

「ブラフか？」

「さぁ、どうだろうなぁ」

と言いながら男が懐からダガーを取り出したので、俺も腰に差してある【星斬り】を抜いた。

「エクス、ここは任せてくれ」

「ブルルル」


俺と男は同時に地面を蹴った。

まずは相手がダガーの連続突きを放ってきたので、丁寧に刀の腹で受け止める。

まだ余裕だな。そもそも相手は片方の腕が使えないので当たり前だが。

こちらも反撃し、弱点を狙って星斬りを振るう。だが敵は刀よりも短いダガーで上手く受け流した。もう一度横一閃するが、身体を仰け反らせて避けた。

敵は一度後退し、懐から小さめのナイフを五本取り出した。

「それ毒塗ってあるだろ。卑怯だな」

「がっはっは！　裏の世界じゃ勝った方が正義なんだぜ？」

今度は間合いを潰す距離まで接近してきた。

そして超至近距離での剣戟が始まった。戦闘中に一本ずつナイフを投げてきたので、四本刀で叩き落とし、最後の一本は跳ね返した。またその一本はダガーを持っている方の腕に突き刺さった。

「やるじゃねぇか、あんちゃん」

「そっちこそ、穴が開いた腕でよくナイフが投げれたな」

「もう両方使えねぇけどな」

男はダガーを地面に落とし、両手をブランと下に垂らした。

「じゃあ空でも飛んで逃げたらどうだ？」

「魔法で撃ち落とすつもりだろうが」

「バレたか」

その通りだ。都市に被害を出したくないので、横には魔法は放てないが、上なら撃てる。今星斬りだけで戦っているのはそういうことだ。

俺は幹部に問う。

「じゃあどうするんだ？　自爆でもするのか？」

「そんなカッコわりぃことはしねぇよ。こうするんだ」

男は変身を始めた。身長がどんどん伸びていき、すでに三メートルを超えた。身体中に黒く丈夫な毛が生え、同時に尻尾も生えた。筋肉が盛り上がり、爪もかなり鋭くなった。

俺はこの魔物を知っている。Aランクのコボルドキングだ。

「なんだ。初めからそうしていれば良かったのに」

「いつでも変身できるわけじゃねぇ。デメリットくらいあるんだよ」

よく見れば傷も治っている。まったく、どういう原理なんだか。

「そうか。急に話を変えるが、もしお前が死んだら次の刺客が送られてくるのか？」

「うーん……。まぁ、それくらいなら教えていいか。たぶん来ないぞ」

「本当っぽいな」


その言葉を最後に、再び両者見合った。奴が〈身体強化〉を全開にしたので、俺も〈光鎧〉と〈光速思考〉を起動する。

「いくぜ【閃光】」

「かかってこい、ワン公」

敵は罅が入るほどの力で地面を蹴り、物凄いスピードで突進してきた。

単純に考えてコボルドキングの身体能力＋〈身体強化〉なので、脅威度はAランク上位。


相手は手を振りかざし、勢いを活かしたまま巨腕を振るった。

鋭い爪と星斬りがぶつかり、轟音が鳴り響く。

衝撃波が俺の頬を掠め、少しだけ血が流れた。顎までツーッと血が滴る。

ポタッ。血が垂れる音を合図に、凄まじい戦闘が始まった。

男……いや、コボルドキングは次々と巨大な腕を振る。

一撃一撃が非常に重い。馬鹿正直に受け止めていたら埒が明かないので、『柔の剣』で受け流していく。

奴の魔力がさらに高まった。次は避けた方が良さそうだな。

右腕を振り下ろすと思いきや、蹴りを放ってきた。

「フェイントかよッ」

俺は両腕をX型にし、蹴りを防いだ。少し吹き飛ばされたが、上手く受け身をとって再び姿勢を整えた。

さっきまでの戦闘とは完全に別次元。

「楽しくなってきたじゃないか」

今度は俺から攻める。間合いに入ればこちらのものだ。

爪を弾き、蹴りを避けながら少しずつ弱点に攻撃をしていく。

気が付けば俺は《闘気》と魔力を全開にしており、五感もこれ以上ないほど高まっている。

所謂、極限の状態だ。もう誰にも止められない。

最後の戦いが始まってからもう十分も経った。

相手はダメージが積み重なっていくのと同時に動きが鈍くなり、単純化していく。

鈍くなるのはわかるが、なぜ単純化しているんだ？　お前らしくない。

「グォォォォォ！！！」

なるほど、そういうことか。デメリットは人間に戻れなくなることだったのか。

「悪いが、今のお前じゃ俺の相手にならん」

コボルドキングの動きを見切り、懐に侵入。

刹那、美しい一閃で首を飛ばした。

「じゃあな。楽しかったぞ」

すぐにエクスが近寄ってきた。

「ブルルル」

「おう。エクスもお疲れさん」

戦いが終わると、広場の入り口から侯爵軍の兵士達が雪崩れ込んできた。

実は数分前から待機してくれていたんだが、俺の邪魔をしないように見守ってくれていたのだ。まぁこれだけ騒いでいれば、さすがに気が付くよな。

「アルテ様、大丈夫ですか？」

「ああ、大丈夫だ。それよりも此奴の死体を運んで調べてくれ。もしかしたら重要なモノを持っているかもしれないからな」

「了解致しました。おい皆ッ！　この死体を運ぶぞッ」

「頼んだぞ」

この後、屋敷に帰ると家族達が起きていたので、夜起きたことを詳しく話した。

「……というわけなんだ」

「アル兄様ありがと……。私のために……」

「いいんだ、気にするな。もう少しだけ警戒する必要があるが、そのうち元の生活に戻れるさ。そしたら二人で喫茶店でも行こう」

「うん！　約束だよ！」

「おう。約束だ」

レイを悲しませた九尾はマジで許さんからな。

「ふーん、《変身》魔法の覚醒者ねぇ。厄介だわ」

「もう死んだけどな」

ここで親父が疑問を述べた。

「本当に次の刺客は送られてこないのか？」

「ああ、たぶん。これはアイツが実際に言っていたことなんだが、嘘をついている感じじゃなかった。でもまだ一応警戒網は解かないで欲しい」

「アルの勘は馬鹿にならんからな。じゃあ警戒網はそのままにして、一週間後には元の生活に戻してみるか」

「私も賛成よ」

「俺も賛成」

「私も賛成！　絶対喫茶店行くんだもん！」

「二人は相変わらず仲が良いわねぇ」

「他の貴族家だって、割とこんなもんだろ」

両親が呆れた様子で呟いた。

「いや、それはないと思うぞ……」

「そうね。普通は兄妹間で当主の座を争ったりするのよ。暗殺もザラにあるわ。あまり表には出ないけど」

「へぇー」

俺はニコニコしている天使をナデナデしながら空返事をした。

第14・5話：青春の一ページ

お茶会から約二ヵ月後の夜。

「なぁアル。少し前にお茶会を開いただろう？」

「ああ、友人が三人も作れたやつだな」

「もちろん、それから手紙でのやり取りぐらいはしてるんだよな？」

「……してない」

「はぁ……やっぱり」

すると、母ちゃんが提案してきた。

「そろそろ夏になるし、皆で海にでも遊びにいったら？」

「海か。ちょっと面白そうだな」

「海⁉ 私も行く！！！」

そんな話をしていたら、レイも話に加わってきた。

「あらあら。じゃあ友達を誘って、皆で遊びに行って来なさいな」

「なぁ親父、ここから一番近い海まで大体どのくらいかかるんだ？」

「うむ……。馬車で最短、三週間だな」

「なるほど、ならエクスに引いてもらえば一週間ちょいってところか。レイもそれでいいか？」

「うん！！！」

「若いっていいわねぇ」

「アル。そうと決まったなら、早く件の友人達宛に手紙を書いた方がいいんじゃないか？」

「そうだな。じゃあ夕食の後にすぐに書くわ」

「私もすぐに準備してくる！」

というわけでこの夏に、友人達と親交を深めるという目的で海に遊びに行くことが決まった。

我が家の天使つきで。

夕食後、俺はすぐ風呂に向かった。

「ふぅ〜。ちょうどいい温度だ」

実を言うと、この世界の海にはまだ行ったことがないので少し気になっていたのだ。当たり前だが海の魔物も生で見たことがない。一応、魔物大全典にも海に生息している魔物は載っているのだが、あまり詳しくは記されていなかった。

「まぁ、前世でも宇宙に行った人より、深海に到達した人の方が少なかったしな」

前世では、海の九十五パーセントが未解明と言われていたような気がする。だからこの世界の場合は言うまでもないだろう。大全典によれば、海の魔物は地上のより比較的大きい傾向にあるので、それだけは気を付けなければならない。

まぁでも、俺とエクスがいればどうにかなると思う。

今回はレイも一緒なので、道中も退屈しないで済みそうだ。海で採った食材でＢＢＱもしたいし、単純に海で泳ぎたい。

「そういえば、エクスって泳げるのか？　あとで聞いてみよう」

エクスなら意外とスイスイ泳ぎそうだな。なんなら潜水とかもしそう。

「そろそろ風呂から上がって寝るか」

そうして、俺は今日のところは寝ることにした。

それから二週間後、ようやく友人達から返事の手紙が送られてきた。

もちろん全員承諾してくれたので安心して欲しい。ルーカスなんて喜びが爆発してしまったようで、後半は何を書いているのか理解できなかった。しかし、その気持ちはわからなくもない。

なぜなら海で遊ぶということは、女子達の水着姿を拝むことができるということだからだ。

そういった意味では、この変態ゴリマッチョ野郎は健全なのかもしれない。

「気を付けて行って来いよ。いくら親交のある貴族の領地だからといって、油断だけはしないようにな」

「レイも精一杯楽しんでくるのよ」

「おう」

「わかった！！！」

「ブルルル」

遂に、三週間に及ぶバカンス旅行が始まった。

メンバーは俺、レイ、エクス、ケイル、エマの五人である。ちなみに、エマはレイの専属メイドの獣人。今回の旅の目的地はアインズベルク侯爵家と長年の親交がある、フィランダー子爵家の領都【アムピトリテ】だ。

現在エクスが馬車を引いており、ケイルが御者をしているので、馬車の中には俺とレイとエマの三人だけである。

「なぁレイ、俺は別にいいんだが、狭くないのか？」

「うん！　ずっとこのままがいい！」

「そうか」

泣く子も黙るアインズベルク侯爵家の紋章が付いたこの専用馬車には、冷房や暖房の魔導具が設置してあったり、空間拡張の付与が施されていたりする。だから中はめちゃくちゃ広いし温度も最適でかなり過ごしやすい。

具体的に説明すると、十人が寝転がってもスペースが余るくらい広い。

しかしなぜか、レイはずっと俺の膝に乗っているのだ。控えめに言って大天使である。綺麗な髪から太陽のような香りがして、なんとも心地が良い。

エマも猫耳をピョコピョコしながら、微笑ましい表情でこちらを見ている。エマとレイは年が近いのもあって昔から仲が良く、今では親友のような関係を築けているらしい。

そのため、今回同行してくれて本当に助かっている。できれば後で、その耳を触らせてはくれないだろうか。

レイを膝に乗せたまま馬車に揺られること約三日、ようやく最初の都市【クレアリト】に到着した。ここには休憩と補給のために寄ったので、明日の朝には出発する。

一応道中に小さな町や村はたくさんあったが、今回はスピード重視なのでスルーしたのだ。なぜなら今回のバカンスメンバーの中で、うちが一番アムピトリテまで遠いからである。

そんな理由で夜は野営をしたのだが、そもそもエクスがいる時点でビビって魔物は寄ってこないし、俺もエクスと共に馬車の外で警戒しながら寝たので何も問題はなかった。馬車の中は魔導具のおかげで快適なので、下手な宿よりもよっぽどマシだろう。

しいて言うなら、シャワーがないのがネックだな。トイレはあるのだが、そもそも普通は夜どこかの町の宿に泊まるのが普通なので、この馬車にはシャワーが付いていない。

あとでそれを親父に愚痴（ぐち）っておこう。レイの名前を出したらすぐに改造してくれそうである。うちの両親は重度の親バカだからな。

この馬車はエクスが引いているのでめちゃくちゃ目立つし、アインズベルクの紋章を堂々と掲げているので、待つことなくスムーズに門を潜ることができた。

「わぁ！　クレアリトって、色んなお店が立ち並んでるね！」

「はいレイ様。ここは腐ってもアインズベルク侯爵領ですので」

「そういえば、エマはこの都市出身なんだっけ？」

「はい。六歳の頃までここに住んでおりました」

　エマがなぜか含みのある言い方をしたと思ったが、そういうことだったのか。

　それにしても、レイの言う通り様々な店が立ち並んでいるな。人の行き来も盛んで非常に賑わっている。

「レイ。宿をとった後は自由時間にする予定なんだが、一緒にショッピングでもするか？」

「え⁉　するー！！！」

　レイは国宝級の笑みを浮かべ、抱き着いてきた。よし、金は腐るほどあるから何でも買ってやろう。レイが言うのであれば、この都市を丸ごと購入するのもやぶさかではない。


「アル兄様！　これ一緒に食べよー！」

「ほほう、クレープか。どの種類がいい？」

「この『フルーツと生クリームたっぷりの特製クレープ』がいい！」

「よし、わかった。おっちゃん、このクレープを二つくれ」

「毎度あり！　お兄ちゃん達カップルかい？　いいねぇ！」

「え、カップル⁉　はわわわ」

顔を紅潮させながら戸惑うレイも可愛いな。俺の脳内メモリに永久保存しておこう。

美味しそうにクレープを頬張るレイに、すれ違う人々全員が目を奪われている。この天使を独り占めできるなんて、贅沢にもほどがあるだろう。

こんな感じで、俺は今日一日レイとデートを楽しんだのであった。

アインズベルク侯爵領の領都バルクッドを出立してから九日後、無事目的地の都市【アムピトリテ】に到着することができた。

「うわぁ！　海だー！！！」

「水平線が美しいな」

「これが海ですか、私初めて見ました。潮の香りが特徴的ですね」

三人で馬車の窓から身を乗り出し、初めての海を全身で味わった。

現在夕方のため、俺達は到着して早々高級宿屋に向かっている。ちなみに友人達とはそこで合流する予定だ。今回の言い出しっぺは我が家なので、もちろん彼女らの宿泊代はアインズベルク持ちである。

自分で言うのもなんだが、うちはかなり裕福なのだ。我が領地は他国と接している分危険度は増すが、物流に関しては他貴族よりも優位な位置にあるのでな。

もし何かあっても、俺が冒険者として稼ぎまくれば最悪どうにかなると思う。そのくらい高ランクモンスターというのは市場価値が高い。肉は食用としての需要が高いし、内臓は薬やポーションの素材として重宝される。それに骨や皮、爪や牙は武器の素材としてオークションに掛けられることが多い。

冒険者とはハイリスク、ハイリターンの職業なのである。ロマンがあって最高だろう。

数分後。

「久しぶりだな」

「あんた久しぶりね！　今回は誘ってくれてありがと！」

「久しぶりね。宿代まで出してもらって感謝してるわ」

「久しぶりだな、親友‼　海でバカンスなんて最高だぜ！」

「おう」

「それで、その後ろの可愛らしい子は妹さんかしら？」

「そうよ！　紹介しなさいよ！」

「俺の妹のレイだ」

「アル兄様の妹のレイです！　皆さんのお話はお兄様からよく聞いてます！　気軽にレイって

呼んでください！　よろしくお願いします！」

「レイちゃんって呼ばせてもらうわ！　よろしく！」

「うふふ、天真爛漫な妹さんね。よろしくねレイちゃん」

「よろしくな、レイちゃん！　仲良くしようぜ！」

「なんかルーカスがレイちゃんって言うと、ちょっとキモいな」

「別にいいじゃねえか……」

そのまま俺達はラウンジに座りながら、親睦会という名のバカンスの計画を決めた。今回のバカンスは三日間の予定なので、日によって何をするのかを五人で話し合った。

その結果、一日目は海水浴＆ＢＢＱ、二日目は釣り、三日目はショッピング＆食べ歩きをすることが決定した。

その後皆で併設されているレストランに向かい、アムピトリテの名物料理に舌鼓を打ったのである。

「ねぇアル兄様。レストランで食事をしている時、誰かに見られている気がしたのだけれど」

「あれに気付けたなんて、凄いじゃないか。でもたぶんフィランダー子爵の雇ってくれた護衛だから気にしなくて大丈夫だ」

「えへへ～褒めてもらっちゃった」

「それにしても、なんでここにいるんだ？」

「なんで？　って、どういうこと？」

レイは可愛らしくコテンと首を傾げる。

「いや、ここは俺の部屋なんだが」

「いちゃ駄目なの？」

「そんなことはないが、まさか一緒に寝る気か？」

「うん！」

一応兄妹とはいえ、年の近い貴族の子女が同じ部屋で寝泊まりをしてもいいのだろうか。俺は別に大丈夫なのだが、変な噂が広まればレイの評判に傷が付いてしまう。もちろん変なことはしないし、周りは味方だらけなので大丈夫だとは思うのだが……。

「ダメ？」

レイが瞳をうるうるとさせながら顔を近づけてきた。

「ダメだ」

「うぅ……」

俺が心を鬼にして断ると、レイは俯きながらしょんぼりしてしまった。マズい、もし天使を泣かせたら俺はこの先一生後悔することになる。

「はぁ……、皆には内緒だぞ」

「え、いいの!?」

「まぁ部屋も隣だし大丈夫だろ。それにいくら高級宿屋とはいえ、何が起こるかわからないからな」

「うん、そうだね！　ベッドも大きいし！」

負けた。俺は負けてしまった。

その日、俺は天使と共に寝たのであった。

一日目、高級宿屋貸し切りの砂浜にて。

「なぁ、アルテ。三人はまだかな？」

「落ち着けルーカス。気持ちはわかるが、焦ってはいかん」

「ブルルル」

現在俺とルーカスは水着に着替え、エクスと共に女子達を待っている。変態ゴリマッチョのルーカスはともかく、俺だって男の子なのだから、そりゃ楽しみである。

ソワソワしながら待つこと五分、遂にその時が来た。

「待たせたわね！」

「三人ともお待たせ」

「お待たせー！」

これだけ言わせて欲しい、生きててよかった。ルーカスなんて目をひん剥きながら固まっている。

まずはオリビアだ。彼女はスレンダーで足が長い、所謂モデル体型。一体何頭身なのだろうか。前世なら間違いなくスカウトマンに引っ張りだこになっていただろう。白い肌が銀色の髪にマッチしていて幻想的である。女子が憧れるタイプだな。

次はリリー。彼女は普段ドレスを着ていて、その時は良い意味で普通体型だと思ったのだが、それは勘違いだった。一言で言わせてもらうと、彼女は着痩せするタイプだった。何がとは言わないが、とても大きい。それは天龍山脈の如く堂々と聳え立っている。とりあえずありがとうございます。

最後はレイだ。実の妹なのであまり気にしたことはなかったが、その水着姿は天使どころか女神様レベル。顔、身長、体型の比率が完璧で、黄金比もいいところだ。これを見れば全世界の男が無意識に両手を合わせ拝むだろう。ちなみに彼女も、リリーほどではないが着痩せするタイプだった。俺は今日死んでも悔いはない。


オリビアは頬に手を当て、恥ずかしそうに言った。

「そんなに凝視されると照れちゃうわ」

「さすがに見すぎよ！　変態共！」

「キャー！　アル兄様のエッチー！」

「おいルーカス。意識を取り戻せ」

「はっ。一瞬天国に行ってたぜ……」

「ブルルル」

俺とルーカスは女子達に呆れられながら、海水浴の準備をするのであった。

Sランクモンスターのエクスが魔力や《闘気》を抑えずに砂浜でゴロゴロしているので、並大抵のモンスターは近づいてこないだろう。俺も常時〈光探知〉を起動しているので、皆安心して泳ぐことができる。

「そんなに離れた場所までは行くなよ」

「おう、わかってるぜ！」

今、女子達はボールで遊んだり、浅瀬で水を掛け合ったりして遊んでいる。そして肝心の俺達は、お昼のＢＢＱに向けて、深場で貝や魚を乱獲している。要するに雑用である。

「あっちではエクスが参戦して大盛り上がりだな。楽しそうで何よりだ」

レイを連れてきて大正解だったな。最近レイは魔法の練習ばかりしていたので、ここで一度息抜きがてらパーッと遊び、ストレスを解消してくれればと思う。

俺とルーカスで魚介を確保した後、女子達と一緒に海水浴をした。皆海は初めてだと聞いたのだが、わりと泳げていて感心した。あとエクスは口に海水が入るのが嫌なようで、あまり泳がなかった。

全員砂浜に戻り、ひと休憩してからＢＢＱの準備をしようとしていた時、〈光探知〉に何かが引っかかった。

「⁉」

「アル兄様、どうしたの?」

「皆、できるだけ海から離れろ! 何か来るぞ!」

その言葉を聞いた四人はすぐに海から離れるように走った。それを確認した俺とエクスはその場から動かず、臨戦態勢をとった。

すると海から赤く巨大な触腕が飛び出してきた。

「エクス、頼んだ」

「ブルル」

まずはエクスが先手を取り、《雷》魔法を放った。それが命中した触腕は丸焦げになり、静かに海へ沈んでいった。

「まぁ、これで終わるはずがないよな」

あの触腕の色と大きさから推定すると、あれは巨大なタコのようなAランク魔物、ミニクラーケンだ。確か魔物大全典に載っていた。あいつはエクスの魔力を感じ取って襲いに来たのだろう。魔物を近寄らせないつもりだったが、逆に高ランクの魔物を引き寄せてしまったらしい。

しばらく経過したが、奴がまだ海底に潜んでいるのは〈光探知〉でわかっている。

そして。

グォォォォォォ!!!!

全長四十メートルに及ぶ巨大なタコが水面から顔を出した。

「あたし達も手伝うわ！」

四人も心配になったようで、助けに来てくれたらしい。どうせなら、今後のために戦闘の経験値を積ませるのもアリだな。

「わかった。じゃあ俺が一人で突っ込むから、四人はここから魔法で援護してくれ」

俺はエクスとアイコンタクトをする。四人にも攻撃がとんでくると思うから、エクスが守ってやってくれ。相手はいくら巨大とは言えAランクだからな、頼んだぞ。

エクスからアイコンタクトで返事がきたところで、俺は〈光鎧〉を起動した。

ぶっちゃけ【星斬り】を使えば一瞬でケリがつくのだが、彼女らの経験のためにも魔法と拳で戦うか。

〈ロンギヌスの槍〉

水面に出ている触腕を狙い、俺はロンギヌスの槍を放った。それは見事に直撃し、触腕は千切れとんだ。

グォォ！

大分痛がっているな。見たところ、さっきエクスが焦がした触腕もそのままなので、再生はしないようである。海の魔物だからといって《水》魔法の治癒ができるわけではないらしい。

それを見計らって、俺は砂の地面を蹴り、物凄いスピードで海へ駆け出した。本来なら海へ沈むところだが、このスピードなら海面を走れる。

海面を走りながらどうやって攻撃するか悩んでいると、水面から四本の触腕が飛び出して襲ってきた。

その瞬間、俺は〈光速思考〉を起動しスローになった世界で少し体を捻り、最小限の動きで攻撃を回避した。この勢いのままミニクラーケンに突撃しようとしたところ、残りの二本が左右から飛び出し、目の前からは《土》魔法で生成された巨大な岩が雨のように放たれた。

「やべぇな」

もし勢いを落としたら海へ沈むし、避けたら避けたで後ろにいる皆に被害が及ぶかもしれない。目の前から飛んでくる岩を殴って砕いても、左右から迫る触腕によって海底に引きずり込まれてしまう。

刹那、後ろから《火》の〔上級〕魔法〈フレイムランス〉が二本飛んできて左右の触腕に直撃した。

後ろに振り返れないが、きっとリリーとレイだろう。

「二人とも、ナイスだ」

俺はフッと笑いながら両腕と両足に纏う〈光鎧〉の魔力を研ぎ澄ませた。

「数は二十ほどか。イケるな」

〔超級〕か？　いや岩一つ一つの大きさから推定して〔絶級〕魔法だな。

風を切りながら俺に向かってくる岩を流れるような動きで破壊していく。側から見れば、水面で舞を踊っているように見えるだろう。

一つ、また一つ。洗練された技で砕いていく。そしてすべて砕き終わった時には、俺の全身から《闘気》がマグマのように噴出し、脳内も完全に戦闘モードへと移行していた。もう誰にも止めることはできないだろう。

まず狙うはタコの両目。〈光の矢〉を二本飛ばし、視力を奪う。

タコは前世でも特に知能の高い生物として知られていた。恐らくこの世界でも同じだと思うので、視力を失えば諦めてすぐ深海に逃げてしまうだろう。要するに、勝負は一瞬ということである。

タコの両目に〈光の矢〉が直撃した瞬間、俺は音速を超えるスピードで水面を駆けた。そして標的の後ろに回り込み、片方の手のひらをピタッと付け、構える。これは中国武術の技。衝撃を全身に浸透させるために生み出された技。

その名は……。

〈発勁（はっけい）〉

ミニクラーケンの全身に衝撃が走り、怯んだ。このまま海に沈み込もうとしたが、

「いまだ！」

俺は砂浜にいる皆に声を飛ばした。

四人はずっと魔力を練って準備していたようで、ほぼノータイムでタコに魔法を放った。

四人の魔法は海を割りながらミニクラーケンに直撃し、標的は力なく海に浮かんだ。

「討伐成功だ」

「やったわ！　あたし達だけで高ランクの魔物を仕留めたわ！」

「ちょっと安心して力が抜けちゃったわ……」

「俺は〔初級〕魔法しか撃ってないからピンピンしてるぜ！」

「あとでアル兄様に褒めてもらわなくちゃ！」

俺はプカプカ浮かんでいるミニクラーケンを回収して砂浜に戻った。Ａランクのモンスターもこうなってしまったら、ただの食材である。

「このタコ美味いな」

「勝利の味ね！」

「エクスも守ってくれてありがとうね」

「ブルル」

「このタコ、宿屋に持って帰って調理してもらおうぜ！」

「モグモグ……。美味しい！　私これなら無限に食べれる！」

一時はヒヤリとしたが、無事討伐できてよかった。皆も戦闘の経験値を積めたし、何より自信がついたと思う。元凶のミニクラーケンもＢＢＱの食材になったし、いいお土産にもなりそうだ。

この後、夜に砂浜で花火をして一日目は終了した。

余談だが、今日も天使と一緒の部屋で寝た。

二日目の早朝。

「おーい、レイ。朝だぞ」

「ん～、むにゃむにゃ。あと少しだけ……」

「しょうがないな。少しだけだぞ」

時間には多少余裕があるし、ちょっとだけ天使の寝顔を拝むとしよう。

今思えば、こうやってじっくりとレイの顔を見るのは、かなり久しぶりかもしれない。

「レイもここ数年で成長したな……」

こちらの世界でも、女子の方が比較的成長が早い。そのため、レイは同年代の男子よりも若干背が高いのだ。まだまだ幼さが抜けていないっていうのが、これまたレイらしい。

まぁ俺にとっては、ずっと可愛い妹（天使）っていう認識である。

「むにゃむにゃ……。もう食べれないよぉ」

レイは夢の中で何かを食べている最中のようだ。なんかモグモグしている。

俺はそんなレイの膨らんだ頬をツンツンして楽しんだ後、ようやく彼女を起こし、今日の準備を始めた。

その後、俺とレイは他三人と合流して朝食をとり、あらかじめ購入してあった釣り道具を持って目的地へ向かった。

約一時間後、昨日の海岸から少し離れた場所にある磯に到着した。

「俺釣り初めてなんだよな！　めっちゃ楽しみだ！」

「実はあたしも初めてなのよね！」

「私もよ」

「私も初めて！！！」

「じゃあ俺が教えてやろう」

「ブルルル」

俺以外の四人は釣りが初めてらしいので、とりあえず経験者の俺が説明することになった。

俺も冒険者の一人として、釣りは何度も経験しているし、前世の知識もあるからな。

「皆知っていると思うが、魚は素人がすぐに釣れるほど甘くない」

「え？　それマジ？」

「ルーカス、お前まさか……。エサを付けて海に垂らせば、すぐに魚が食いつくと思っているのか？」

「そう思ってた……」

「ポイントや天候、あとエサにもよるが、運が悪いと丸一日釣れない時もザラにあるぞ」

「ぇぇ……。イメージと全然違ったわ」

「でも皆で雑談しながら、のんびり釣りをするのも中々乙だぞ？」

　それをウンウンと頷きながら聞いていたオリビアが、皆に提案した。

「アルテの言う通りよ。昨日は色んなイベントが起きて大忙しだったのだから、今日一日くらい五人でのんびりするのもいいと思うわ。それに皆で集まるのも久しぶりだし、各々積もる話だってたくさんありそうじゃない？」

「あたし賛成！」

「私も賛成！！！」

「確かにそうだな！　俺も賛成！」

　オリビア、ナイスである。

　それから三十分後。何回かアタリはあったが、合わせが上手くいかず、まだ五人の釣果(ちょうか)はゼロだった。

「駄目だ……。全然釣れねぇ……」

「アタリに合わせるのに少しコツがいるからな。もう少しで慣れるんじゃないか？」

「あたし諦めないわ！」

「せっかくだし、私も一匹くらいは釣りたいわね」

皆がいい心意気を見せる中、一人だけションボリしている子がいた。

それは……レイである。

「レイ。もう飽きちゃったか？」

「うん……。全然釣れないし、このミミズみたいな餌苦手だし……」

「確かにこれちょっとキモいわよね」

オリビアが同意するのも無理はない。今回は、前世でいうところのイソメやゴカイに似ている餌を使っているからな。

そもそも見た目がキモいし、ウネウネしているのでさらにキモい。

そこで俺は閃いた。

「レイの分の竿は俺が見とくから、リリーの隣に座って魔法関連の話をするってのはどうだ？」

「今更だけど、レイちゃんとリリーは二人とも、世界でも珍しい全属性使いなのよね」

「そうそう。本当に凄い確率だよな」

「全属性使い特有の知識やコツ、悩みがあるんじゃない？」

「それもそうね！　レイちゃん、少しあたしとお喋りしない？」

　リリーが、隣の岩をポンポンしながらレイを誘ってくれた。

「聞きたい！　よろしくお願いします、先生！」

「そ、そんな先生だなんて……」

　リリーが頬を少し赤く染めながら、照れた。チョロい。

　レイは生粋の人たらしなのかもしれない。


　なんて考えていると、ルーカスに腕を突かれた。

「なぁアルテ。ここに全属性使いが二人いるのが凄いって話をしてたけど、お前も一応覚醒者だよな？」

「忘れてたわ。ちなみにSランクモンスターもいるぞ」

　俺とルーカスは、昼間から惰眠を貪る食いしん坊馬を見た。

「もしかして、いつもこうなのか？」

「ああ」

　誰に似たのかは知らんが、エクスは日向ぼっこと昼寝が大好きなのである。

　と、その時。

「おい、ルーカス。お前の竿、少し反応してないか？」

「本当だ！　よし、今度こそ釣ってやるぞ！」

「焦るなよ、ルーカス。まだだ」

「わかった」

　すると、急に竿がしなった。恐らく獲物が餌を飲み込んだのだろう。

「引け！　ルーカス！」

「任せとけ！　うお、重い！」

　かなりの大物のようだ。しかし、ルーカスの馬鹿力なら……。

　ザバァンッ！

「よっしゃぁ！　釣れたぜ！」

「ナイスだ、ルーカス」

　名前は知らないが、全長一メートルを超える、マグロのような巨大魚が釣れた。

「こんなに大きな魚を釣るなんて……。さすがルーカスね」

　他三人もそれに気が付き、すぐにこちらへやってきた。

「よくやったわ！　褒めてあげる！」

「美味しそう……。ジュルリ」

　一名涎を垂らしている。見なかったことにしよう。

「おぉエクス、お前も起きたか」

「ブルルル」

「でも飯はもうちょい先だぞ？」

「ブルル」

「わかった。時間までに帰ってこいよ？」

「ブルルル」

エクスは飯の時間まで、砂浜を散歩してくるらしい。

その後、全員一匹は魚を釣ることができた。あと、レイとリリーの会話は想像以上に盛り上がったようで、この数時間で仲が深まり距離がギュっと縮まったみたいである。

俺達三人も、普段あまりしないようなプライベートの話に花を咲かせた。

そして。

「「「「いただきます（！）」」」」

「ブルルル！」

昨日に引き続き、海鮮ＢＢＱ大会が始まった。

「ねぇ、お兄様！　この魚ジューシーで美味しいよ！」

「ほう。どれどれ」

最初にルーカスが釣り上げたマグロのような魚の身を、俺は豪快に頬張った。

「!?」

口に入れた瞬間、甘い脂がジュワッと弾けた。見た目が割と淡泊だったので、身もヘルシーなのかと思っていたが、それは単なる予想に過ぎなかった。

噛めば噛むほど魚の旨味が口に広がり、甘く芳醇な脂が舌に纏わりつく。

また歯ごたえのある身質なので、かなり食べ応えがある。

次から次へと、無意識に口へ運んでしまう。

魚と一緒に貝やエビも焼いているので、辺りは香ばしい匂いで包まれている。

炭で焼く時のジュウッ、という音もＢＢＱって感じがしてたまらない。

皆も楽しそうでなにより。

視覚、聴覚、嗅覚、そして味覚。俺は今、この四感を最大限に発揮しＢＢＱを満喫している。

そう。これぞ俺の求めていたモノである。

「最高だな、エクス」

「ブルルル」

食後、運動がてらビーチで遊び、皆クタクタになって宿屋に帰った。

俺達は初日に引き続き、充実した二日目を過ごすことができた。

あと今日もレイと一緒に寝た。

三日目の午前中。

アムピトリテの繁華街にある、某装飾品店にて。

オリビアは、美しい宝石が施されたイヤリングを手に取った。

「ねぇ、これはどう？　絶対レイちゃんに似合うと思うのだけれど」

「あたしも似合うと思うわ！」

「うーん。私にはちょっと、派手すぎる気が……」

「まぁまぁ。一度つけてみましょうよ」

「そうそう！　話はそれからよ！」

「う、うん……」

レイが横髪をかき上げ、オリビアがイヤリングをつけた。

「か、可愛い！！！」

「そ、そうかな／／／」

二人に褒められ、照れるレイを尻目に、リリーが俺とルーカスにも聞く。

「二人もそう思うわよね？」

「もちろんだ！　めっちゃ可愛いと思うぜ！」

「レイの可憐な美しさに磨きがかかって、良いと思うぞ。絶対購入だ」

「アル兄様に褒められちゃった……。えへへへ」

　購入は即決した。


　イヤリングをカゴに入れた後、店内を散策していると、綺麗なブレスレットが目に留まった。

「なぁ皆。これちょうど五個売ってるから買わないか？　五人の旅行記念にピッタリだと思うのだが」

「良いと思うわ！　あたし賛成よ！」

「青春って感じがして、いいじゃないの」

「皆でお揃いのブレスレット⁉　欲しいー！」

「俺一生つけるぜ！！！」

　一生はやめとけ、ルーカス。さすがに戦闘時や風呂中は外してくれ。


　そして店内から出た俺達全員の腕には、先ほどのブレスレットがついていた。

　レイのイヤリングも風に揺れ、キラキラと輝いていた。

「じゃあ、次は家族と使用人達のお土産でも買いに行くか」

「そうね！」

「家族は兎も角として、使用人一人一人の好みまではさすがに把握しきれていないのだけれど、何を買えばいいのかしらね」

「確かにそうだな！　何買えばいいのか全然わからねぇ！」

オリビアとルーカスが悩み始めた。

そこでレイが提案する。

「アインズベルクは使用人が何百人もいて、帝国内でも屈指の多さを誇っているの。だから、うちの場合は毎回まとめて同じ物を買っているよね、アル兄様」

「そうだな。男性、女性で分けるのくらいは大丈夫だと思うが、逆に色んな物を買って帰ると、場合によっては争奪戦が起きてしまうからな。使用人達の間に、変なしがらみを生ませないためにも、あえて同じ物を大量に買っていくのをお勧めする」

俺はごくごく当たり前の理論を展開した。

だが、リリー達は納得しながら返答してくれた。

「なるほど！　これがアインズベルク流、お土産購入術なのね！」

「参考になるわ」

「妙に説得力があるな！　俺もそうしよ！」

「そんな大したもんじゃない」

ここでリリーがナイスな情報を出してくれた。

「そういえば、アムピトリテには有名なお菓子のお店があると小耳に挟んだわ！」

「よし、ではそこへ向かおう」

「そうね。無難にお菓子を買っていくのもアリだと思うわ」

「私も食べたくなっちゃった」

「俺も！」

「ついでに俺達用のも買うか」

「ブルルル！」

俺は暇そうにしている食いしん坊に問いかける。

「エクス、匂いで店の場所がわかったりしないか？」

「ブルルル」

余裕でわかるらしいので、エクスに案内してもらうことになった。

徒歩で進むこと約十分。ようやく件の建物が見えて来た。

「思ったよりもデカいな」

「いい匂いがするわ！　伊達に有名店じゃないわね！」

「恐らくあの大きな煙突から、煙と共にわざと甘い香りを漂わせているのね」

「シンプルだけど、良い経営戦略だな」

「そうだね。現に私達も匂いに誘われてきちゃったわけだし」

「ブルル」

　ここへ来るまでは順調だったが、人気店ならではの問題が発生した。

「だが……」

「ええ。軽く五十人以上は並んでいるわね……」

「でもここまで来て諦めるってのも、なんか悔しいな！」

「でも私、お菓子の口になっちゃった」

「あたしもよ！」

　不意にエクスに視線を移すと、近くにある廃れた小さな菓子店をジッと凝視していることに気が付いた。どうやらあの店が気になるらしい。

「なぁ。あそこ行ってみないか？」

「『菓子屋ポルポル』か！　いい名前だな！」

「物は試しね。行ってみましょう」

「ポルポルっていい名前ね！　可愛くて好きよ！」

「お菓子……ジュルリ」

「ブルル」

ちなみにポルポルとは、低ランクの小鳥系魔物である。穏やかな性格な上、見た目も可愛らしいので、珍しくペットとしての人気が高い魔物である。たまにバルクッドでも見かける。

カランカラン
「い、いらっしゃいませ！」

カウンターに突っ伏していた女性店員が、俺達を見て背筋を伸ばした。

「土産用の菓子を購入したいのだが」

「ひ、久しぶりのお客が、貴族様⁉　あばばば」

「おい。大丈夫か？」

店員は俺達の服装を見て、貴族だと察したらしく、しどろもどろになってしまった。

数十秒後、ようやく正気を取り戻し、会話を再開した。

「すいません。取り乱してしまって」

「全然大丈夫だ。ところで、久しぶりの客って言ってなかったか？」

「えーっとですね。実は……」

女性は簡潔に事情を話した。

まず店員と思わしき女性は、店長だった。彼女は数年前にこの店を継ぎ、最初の頃はそこそこ順調だった。しかし、あの有名店が近くにオープンしてから少しずつ客足が遠のいて行き、今ではほとんど客が来なくなってしまった。そのため、そろそろ店じまいを考えているらしい。

「そうだったのか。苦労したんだな」

「はい……。でも腕には自信があるので、是非召し上がっていただきたいのです。お金は取りませんので……」

「いや、さすがに金くらい払うから、人数分の菓子をくれ」

俺は六人分のクッキーを購入し、分けた。

「なにこれ！　絶品じゃないの！」

「甘くて美味しい！！！」

「外はサクサクで、中はしっとりしているわ」

「俺のやつ、中にチョコが入ってるぞ！　うめぇ！」

「ブルルル！」

「美味いな」

非常に高評価である。

それを見て、店長はにっこり微笑んだ。生粋のパティシエらしい。

俺は話を続ける。

「初めに言ったが、俺達は土産用の菓子を購入しに来たんだ。早速注文したい」

「はい、ありがとうございます！　では何名分ご用意させていただけば宜しいでしょうか」

「軽く千人分だ」

「は、はい？　もう一度お伺いしても？」

「千人分だ」

「えぇーーーーっ！」

運よく材料がたくさん余っているようなので、俺達は躊躇(ちゅうちょ)なく注文した。なんとなくこの店長は信用できそうなので料金を先払いし、待ち時間は家族用の土産を購入することにした。

ぶっちゃけ千人分も必要ないと思うが、多くて損することはないので、この店のためにも多めに買うことにしたのである。

先ほどとは別の装飾店にて。

レイは濃い青色のネックレスを手に取った。

「アル兄様！　お母様は青色が好きだし、これが似合うと思うの」

「そうだな。チェーンも丁寧に拵えてあるし、それにしよう」

「うん！」

母ちゃんは派手すぎるアクセサリーがあまり好みじゃないから、このネックレスはちょうどいいな。

次に俺は、黒色のアンクレットを持ち上げ、レイに見せた。

「レイ。親父にはこれが良いと思うのだが」

「私もそれがいいと思う！　生粋の剣士であるお父様に、ブレスレットや指輪をプレゼントするわけにはいかないし、黒はアインズベルクのカラーだから賛成！　きっと喜ぶよ！」

「よし、決定だ」

親父にブレスレットや指輪を買っていくわけにはいかない。なぜなら、もし剣を握るのに邪魔でも、気にせず装着し続けるからだ。重度の親バカだから。

最後にレイは、兄貴のお土産に高級ペンを選んだ。

「ロイド兄様は、そもそもアクセサリーを着けたがらないから、実用的なペンを買っていくのが良いと思う！」

「俺も賛成だ。これにしよう」

そもそも兄貴は重度のシスコンなので、レイが選んだと言えば、何を渡しても泣いて喜ぶだろうな。親父も似たようなもんだし、もしかしたら血筋なのかもしれん。

俺もそうならないように、くれぐれも用心しよう。

「皆も選び終わったか？」

「バッチリよ！　たくさん買えたわよ！」

「このお店は想像以上に品が多くて、じっくりと選べたわ」

「俺も買い終わったぜ！　皆喜ぶかな！」

他の皆も買い終わったようなので、俺達は菓子を取りに行った。

カランカラン
「あ！　先ほどのお客様ですね！　もうすべて揃え終えております！」

「そうか、ではもらっていく。一度に多く注文してしまってすまなかったな」

「いえいえ、全然大丈夫ですよ！」

「ここは、あの有名店に引けを取らない良い店だからな。これからも頑張ってくれ」

「はい！　これを機にもう少し粘ってみようかと思います！」

「応援してるぞ。ではそろそろ」

「またのご来店をお待ちしております！　ありがとうございました！」

この後、俺達が大量購入したという噂がたちまち広がり、少しずつ客足を取り戻した。その結果菓子屋ポルポルは、あの有名店と並ぶ超人気店として繁盛(はんじょう)することになるのだが、それはまた別のお話。

その後も、食べ歩きをしつつショッピングを続けた。

「俺もう持てないんだけど、アルテはどうだ？」

「あと三袋はいける」

もちろん、俺とルーカスは荷物持ちである。

またこんな大所帯だと、普通は進むだけでも困難なのだが……。

「エクス様々だな」

「ブルル」

伝説のSランク魔物を連れて来ているので、勝手に道が開けるのだ。


「はい、お兄様あ～ん」

「あーん」

モグモグ
両腕が塞がれていると、レイにあーんしてもらえるので、これはこれでアリである。

エクスもオリビアとリリーにたくさん食べさせてもらっている。

「ほらエクス。あ～ん」

「こっちのイカ焼きも美味しいわよエクス！　はい、あ～ん！」

「ブルル」モグモグ
「な、なぁ。俺は？　両腕塞がってるんだけど……」

「申し訳ないのだけれど、ルーカスにするのはちょっと……」

「あたしも遠慮させてもらうわ」

「私はお兄様のあーんで忙しいから……」

「えぇ……」

「ルーカス、どんまい」モグモグ
「ブルル」モグモグ
「俺だって、いつか彼女に……」
可哀そうなルーカスである。

午後もショッピングを続け、宿屋へ帰還した。

俺とルーカスは、今日一日の疲れを癒すべく、露天風呂に向かった。

現在、二人で湯に浸かりながら雑談している。

「なぁ、アルテ！　また来ような！」

「おう。さすがに毎年は無理だと思うが、あと二、三回は絶対に来よう」

「ああ！　来年から学園だし、メンバーが増えるかもな！」

「そうだな」

「皇子様が加わったりして！」

「それはそれで、ちょっと面白そうだな」

「だろー？」


その日の夜。今日も俺の部屋にレイがやってきた。

「お兄様、今日もいい？」

「ああ。いいぞ」

レイは完全に味を占めてしまっているし、俺も満更でもない。

そのまま彼女は布団に潜りこみ、俺の右腕にギュッと抱き着いた。

「さすがに実家では一緒に寝れないから、今日が最後だな」

「うん……」


「おやすみ、お兄ちゃん」

「おやすみ、レイ」

初めてレイに『お兄ちゃん』と言われた。とても嬉しい。

今夜は良く寝られそうである。

そして四日目の早朝。

「今回はありがとな。楽しかったぞ」

「こちらこそ感謝するわ！　いい経験も積めたしね！」

「レイちゃんとお友達になれたし、私も大満足よ」

「タコも美味かったし、大満足だぜ！　でっかい魚も釣れたしな！」

「皆とお友達になれて本当に良かった！　学園がもっと楽しみになったよ！」

「そうか」

どうやら皆楽しんでくれたようで本当に良かった。

これで三日に及ぶ親睦会という名のバカンスは無事終了し、俺達は領都アムピトリテを去った。

帰りの馬車にて。

「なぁレイ。帰りにまたデートするか？」

「うん！！！　するーーー！！！」

このあと、滅茶苦茶デートした。

第15話：新装備と馬鹿貴族

バルクッドのドワーフ工房にて。

「おっちゃーん」

「うるせぇい！　ちょっと待っとけぇ！」

「おう」

しばらく待っていると、ドワーフのおっちゃんに呼ばれた。

「お、【閃光】じゃねぇか！　言ってくれりゃ他のもんに仕事押し付けてきたのによ」

「いや、俺だけ特別扱いするのはよくないから気にしなくていいぞ」

「ガハハハ、それでこそお前さんだ」

「今日は、一年前に発注した外套を取りに来たんだが」

「あれか、今持ってくるぜ」

そして、持ってきてくれた外套を羽織る。

「ピッタリだ」

「おうよ！　そいつにゃあ、状態異常耐性がついてる上に、部位に合わせて高ランクモンスターの素材が使われてるからな。それと、世にも珍しい自動修復機能付きだぜ！」

「一年の時間が必要だったのは、それが原因なんだっけ？」

「そうさ。帝都の名高い付与術師様に、わざわざ俺達が発注したんだ」

「苦労をかけたな」

「いや、いい仕事をさせてもらったぜ！　それに事前に金を払ってくれたからな」

「そうか」

　発注した時、最低でも白金貨五百枚必要と言われたので次の日に払ったのだ。もちろん俺が冒険者活動をして貯めた金で支払ったので、安心して欲しい。

　ちなみに、エクスは何も装備していない。Sランクなので並大抵のことじゃかすり傷一つ付かないし、状態異常への耐性も半端ない。それにエクス自体も窮屈なのが嫌みたいで、そのまがいいらしい。

　俺に関しては一応〈光鎧〉で全部弾けるんだが、保険用に持っておきたいのだ。

「あとおっちゃんさ【星斬り】って魔法も斬れるんだが、これ普通じゃないのか？」

「おめぇそりゃ、星斬りは【魔剣】だからな」

「前に言ってたな」

「そうさ、お前さんも昔話で聞いたことがあるだろ？」

「【魔剣は龍を斬り、数多の国を滅ぼした】ってやつ？」

「おう、でも魔剣ってのは歴史に現れたと思ったら、いつの間にかパッと消えちまうんだ。だから俺達ドワーフですらよくわかってねぇ」

「あー、なんとなくわかる気がする」

この星斬りとヤンデレソードは、俺以外に使われるくらいなら普通のオリハルコンに戻ると思う。魔剣とはそういうものなのかもしれない。

「だからな、俺達ドワーフにとって魔剣のメンテナンスを任せてもらうのは誉れ以外の何物でもねぇんだ。って言っても星斬りは刃こぼれしても勝手に治っちまうから、鞘のメンテナンスなんだけどな。ガハハ」

「おっちゃんにはいつも世話になってるからな。また来る」

「おう！　気をつけてけよ！」

目的の外套を手に入れ、星斬りの詳細がわかったところで、早速アインズベルク侯爵領「カーセラル」へ向かう。

「エクス、待たせたな」

「ブルル」

「なにか装備が欲しくなったらいつでも言ってくれよ。すぐに用意するからな」

「ブルルル」

そんなもんは、いらんらしい。

今朝、一応バルクッドギルド長のメリルには、手紙を出しておいた。

その内容は「ちょっと『帝蟲の巣』見てくる」である。

本当は、カーセラルに入らずにダイレクトでダンジョンに行きたいのだが、ダンジョン内の情報は機密扱いになる。そのためカーセラルのギルドに行って、冒険者タグを見せないと教えてもらえないのだ。

「さすがにAランクダンジョンに、無策で突っ込むつもりもないしな」

俺は慎重派だからな。

カーセラルへ行くには魔の森に沿って馬車で三日、大体エクスで五時間ほどだ。

途中の都市はすべてスルーして、最短で向かう。

エクスは速いしデカいので、やたら目立つ。なので、すれ違う度にビックリされるのだが、もう慣れた。

エクスにとって五時間走ることなんて屁でもないので、道中は休憩を挟まずに向かい、遂に到着。

「エクス、ご苦労だったな」

「ブルル」

魔の森近郊の都市のため、城壁も高く都市自体とても立派だ。門番に冒険者タグを見せて、そのままギルドへ向かう。

「おい、あれって……」

「【閃光】じゃないか?」

「なんでここに?」

「そんなの知るか」

「オーラというか、覇気がヤバいな」

「外套で上手く隠れてて見えないけど、私のイケメンセンサーがビンビンに反応してるわ！」

　色々言われてるが無視し、受付に行く。

「な、なにかご用でしょうか」

　そして、冒険者タグを見せてから、話しかける。

「『帝蟲の巣』について教えて欲しいのだが」

「わかりました！　帝蟲の巣は全部で五十階層で最深部は……」

　と、受付嬢からすべての情報を聞いてギルドを出る。そのまま高級宿屋に向かいながら、エクスに話しかける。

「すまんなエクス、今日だけは我慢してくれ」

「ブルル」

「予約してくるから少し待っててくれ」

　今日だけは大きな厩舎で夜を過ごしてもらおうと思いつつ、エクスを高級宿屋の陰で待たせる。

　中に入ると、たくさんの視線が刺さる。それはそうだ。普通ここに泊まれるのは貴族や大商人だから、従者がいるのが当たり前なわけで。

　俺のように、一人で入るような輩はほとんどいないのだ。見た目はごく普通の冒険者だし。今は五時間かけてここに来たので、実は少しピリピリしている。面倒ごとに巻き込まれたら嫌だなぁと思いつつ、受付に並ぶ。

すると、案の定トラブルがやってきた。

「おい、そこの冒険者」

「なんだ？」

「なんだじゃないだろう、俺に順番を譲れ」

「……」

俺は早速無視を決め込み、考え事を始める。

（ここがどんな飯を出すのかは知らんが、もし美味しければエクスに持っていくか）

（マズかったら、他の飯屋に買いに行かなければな。あいつの舌は大分肥えてるから）

「おい！！！　無視するな！！！」

「ん？」

この変なのが大声を出すから、なんだなんだと他の客が遠巻きに集まってくる。

「この俺が誰だかわかっているのか？」

「知らん」

「き、貴様ぁ！」

しかしナイスな店員が割り込んできた。

「お客様、申し訳ありませんが、他の方達の迷惑になりますがゆえに、言い争いはお止めください」

すると変なのが、突然名乗り出した。

「俺はアイザック男爵家次期当主、【ライアン・アイザック】様だ！　無礼だぞ！」

と言って腰にあった剣を抜き、ナイスな店員に斬りかかった。

その瞬間俺は【星斬り】を抜き、流れるような動きで店員とライアンの間に入る。そして美しい剣筋で、ライアンの腕を肩の先から斬り飛ばす。

「それはやりすぎだ。ライアンとやら」

「ギャアァァァ！」

ライアンの従者がすぐに駆け寄る。

「ライアン様！！！　すぐに回復薬をかけるので、ジッとしててください！」

と言い、腕をくっ付け回復薬を流している。

ちなみに俺は（汚いなぁ）と思いつつ、星斬りを拭いている。

「冒険者のお客様、ありがとうございます。しかし……」

「床を汚してすまなかったな。貴族の腕を斬り落としたことに関しては、気にしなくていいぞ」

この店員は、俺の心配をしてくれているらしい。どこまでもナイスである。

「お名前を伺っても？」

「俺はアルテ。【アルテ・フォン・アインズベルク】だ」

それを聞いた店員やライアン、他の客達はポカーンとしていた。

それもそのはず、アインズベルク侯爵家とはこのカナン大帝国において、ランパード公爵家と双璧を成すビッグツーのうちの一つなのだ。

昔から陸軍、陸運を一手に担い、他国の侵攻をすべて跳ねのけてきた。これらの圧倒的な功績とともに、その名を大陸中に轟かせる存在。それは下手な国よりも敵に回してはいけない。

それが【アインズベルク】なのだ。

また、この俺もアインズベルクの名と共に、大陸中で吟遊詩人に謳われている存在。

〈かの冒険者は【閃光】と呼ばれ、迅雷を纏う黒馬に跨る。さらにその魔法はすべてを滅し、その剣は星を斬る〉

アインズベルクの人間として、また覚醒者としてこのカナン大帝国では、皇族の次に最重要とされる人物。

「お客様が、【閃光】様でございますか？」

「そうだ」

他の客達もザワザワとし始める。

「彼があの有名な……」

「まさか【閃光】様だったとは……」

「おい見てみろ、あの剣も普通じゃないぞ」

「あーあ、あのライアンとかいう貴族終わったな」

そして、治療が完了したであろうライアンの方を振り返ると、

「す、すいませんでした！！！」

と言って従者を率いて急いでどこかへ逃げて行った。

「【閃光】様。今回の不始末の責任として、滞在する期間は最高級スイートを無料で貸し出させていただきたいのですが、よろしいですか？」

「ああ、よろしく頼む。それと従魔のために一番大きい厩舎を貸して欲しいのと、その食事も頼みたい。あいつは雑食で人間と同じものしか食わないからな」

「承知いたしました」

少し経つと、見るからに偉いとわかる、還暦くらいの男性店員が来て、スイートに案内された。

「こんないい部屋に、無料で何日も泊まっていいのか？」

「大丈夫でございますよ。かの【閃光】様にご宿泊していただいたという事実があるだけで、何倍もお釣りがきますので」

「そうか。あと、ここの領主に書簡を届けて欲しいのだが」

「承知しました、このあと受け取りに伺います」

と少しキョトンとしながら答えた。

「心配しなくていいぞ。アインズベルクの権力で、さっきの馬鹿貴族をしばらくこの都市に入れないようにしてもらうだけだ」

「お気遣い感謝いたします」

書簡を書き終え、別の店員に渡すと、俺はすぐに厩舎にいるエクスをなでなでしに行った。

その頃、還暦の男性店員【セバス】はというと。

「あれが大陸中で謳われる【閃光】様ですか。あの精神力に無駄のない体の動かし方、洗練された魔力の流れ、そしてあの美しい剣筋。どれをとっても超一流です。かの御仁がいれば、しばらくこのカナン大帝国は安泰ですな」

実はセバスは元Aランク冒険者なのだ。つまりその観察眼は本物である。

また彼は騒ぎの時、ライアンから店員を守るために一応陰で準備をしていたのだ。

「【閃光】様はそれも気づいていらっしゃったので、あとで謝罪しなければな。はっはっは」

セバスはこのあと、伝説の【深淵馬】を一目見るべく、料理を運ぶ仕事に名乗り出た。

そしてエクスの迫力に度肝を抜かし、尻もちをついて、それをエクスに鼻で笑われたのである。

「フンッ（笑）」

第16話：「帝蟲の巣」

　昨日は変なのに絡まれるという事件が発生したが、それから特に問題は起きなかった。

　そして今日は記念すべきAランクダンジョン「帝蟲の巣」へのファーストアタックの日なのである。ワクワクしすぎて、昨日は夜しか寝られなかった。

　宿屋で朝食を食べた後、エクスの下へ向かう。

「エクス、そろそろいくか」

「ブルル」

「ここの飯は美味いか？」

「ブルルル」

　美味いらしい。まぁ、高級宿を選んだ理由は主にエクスに美味い飯を食わせるためなので、満足そうで何よりである。するとそこへ、昨日の店員がやってきた。

「おはようございます【閃光】様」

「おはよう。お前は昨日の……」

「セバスでございます」

「覚えておこう。それで？」

「もしよろしければ、今日のご予定をお伺いしても？」

「帝蟲の巣」のことは特に秘密にはしていないし、ある意味、この都市の問題でもある。氾濫などが起きたらまずカーセラルが被害を受けるからだ。

「今日からしばらく『帝蟲の巣』に潜ろうと思っている」

「そうでしたか。ダンジョンに潜られるのは初めてですか？」

「ああ」

セバスは立派な顎髭を摩りながら、提案してきた。

「実は私、こう見えて元Aランク冒険者でして、『帝蟲の巣』も三十五階層まで潜った経験があります。ダンジョン自体にも詳しいので、気になることがあれば是非お聞きください」

「それは助かる。でもギルドで大体の情報は手に入れたからな。また今度聞きたいことがあったら声をかける」

「わかりました。ご武運を」

「おう」

身のこなし方や重心の動かし方からして只者ではないと思っていたが、まさか冒険者の先輩だったとは。ちょっと親近感が湧いてきた。今度暇そうだったらダル絡みさせてもらおう。

先ほど俺達はカーセラルの正門を出て、現在雑談しながら草原を駆け抜けている。

「なぁエクス、攻略に何日掛かると思う？」

「ブルルル」

「まぁそうだよな」

念のために、マジックバッグには攻略に必要な物をたくさん入れてきたので、安心して欲しい。ちなみにほとんど飯である。

そうこうしているうちに、『帝蟲の巣』に到着。

「少し興奮してきたな」

「ブルル」

「特に金儲けが目的ではないから、要らない戦いは避けていこう」

「帝蟲の巣」の入り口は狭いが、中は広い。洞窟のような構造をしており、横幅二十メートル、縦幅十メートルほどだ。こういうタイプのダンジョンは、前後から挟まれるとめんどくさいので注意しなければいけない。

このダンジョンは全五十階層となっていて、最深部のボスがAランク、途中まではG～Bランクのモンスターが出現する。簡略的に説明すると、一階層にはGランクの魔物が出現し、階層を進むごとに魔物のランクが上がっていくのだ。しかし魔物も俺達と同じ生き物なので、絶対にそうというわけではない。どの世界のダンジョンも複雑なのである。

まず俺はエクスに乗りながら、一階層に足を踏み入れ〈光探知〉を起動した。

また、俺とエクスが魔力と《闘気》を全開にしていれば大半の魔物が逃げてしまうので、両方を極限まで抑え込む。これは調査なので多少は接敵しながら進まなければいけない。

「光源がないのにダンジョン内はやたら明るいな。これなら自前の魔力をあまり使わなくても大丈夫そうだ。それになんというか……別世界のようだな」

「ブルルル」

「あと〈光探知〉を起動した感じ、確かに魔物の密度が高い気がする」

ギルドの報告通りだな。このまま増え続ければ、きっと氾濫が起こるだろう。

そして俺は、探知した魔物に〈光の矢〉を飛ばして進み続ける。真面目に戦っていたら、普通に一ヵ月は掛かってしまいそうだからな。

「なるほど、一体一体の強さは外の奴らと変わらないのか」

ランクは同じGでも、実は外のよりダンジョン内に出現した魔物の方が強いとかではなさそうだ。もちろん逆もまた然りである。

素材は放っておけばダンジョンに吸収されるので無視して進む。ぶっちゃけ、低ランクの魔物は魔石くらいしか価値がないし、その魔石ですら高く売れない。

そのまま俺とエクスは時折休憩を挟みつつ数時間進み続け、気が付けば第九階層へ到達していた。

「なぁエクス。潜る前は、上層なんて退屈だと思っていたが、割とおもしろいな」

「ブルル」

その階層によってバッタ型のモンスターや、巨大な蜘蛛(くも)、毒々しい色をした蝶など、出現するモンスターが変わるので結構楽しい。まるで無料で見られる、魔物の動物園のようである。

九階層も順調に進み、遂に俺達は第十階層に足を踏み入れた。

「これは……神秘的だな」

「ブルル」

天井や壁面には名も知らない数多の鉱石が輝いており、この階層全体が幻想的な空間になっている。だがここはダンジョンなのだ。少し進むと、鉱石と鉱石の隙間から、魔物が現れた。

「小型犬ほどの大きさをしている甲虫が出て来たぞ。気を付けろよ、エクス」

「ブルル」

「そうか。じゃあ頼んだ」

どうやらエクスが討伐してくれるらしい。エクスはその美しく強靭な角に魔力を貯め、小さな雷を放った。その攻撃は見事甲虫共に命中し、ボトボトと地面に落ちてきた。

このモンスターは目算でEランクほどだが、群れで襲ってきたので実質Dランクぐらいはあるだろう。

すぐさま、俺は甲虫を拾い上げて観察する。この魔物は魔物大全典に載っていなかったので、恐らくこのダンジョンの固有種だな。見た感じ、ここの鉱石を食べて生活しているのだと思う。

「なんか金になりそうだから、全部マジックバッグに詰めていこう」

「ブルル」

ダラダラと寝転がるエクスを尻目に、一体ずつ拾っていく。

「なぁエクス。さっきの攻撃は、魔力に反応して自動でロックオンするようにしたのか？」

「ブルルル」

「やっぱりそうだったか。いくらなんでも、マニュアルですべての標的にヒットさせて、一度に倒すのは無理だからな。まぁ俺みたいに、〈光速思考〉が使えれば話は別だが」

前世でも今世でも、雷は高い建物目掛けて落ちてくる。エクスはその性質をちょっと弄り、魔力が高いものに自動で命中させるようにしたのだと思う。本人に聞いてみないと詳しくはわからないが、たぶん合っているだろう。魔法って便利だよな、本当に。


「今日はこの辺で野宿するか」

「ブルルル」

まだまだ余裕はあるのだが、焦っても仕方ないので今日はこの階層で野宿することにした。

「俺は飯の準備をするから、エクスはあの一際輝いている鉱石を採ってきてくれないか？　少しだけでいいから」

「ブルル」

ここから少し離れた所に、特に甲虫が多く群がっていた鉱石があり、実はずっと気になっていたのだ。エクスの角なら普通に砕けると思うので、少しだけ持ってきて欲しい。採りすぎれば最悪、この階層の環境が大きく変わってしまう可能性があるので、それだけは避けなければならない。

「よし、ありがとうな。飯の準備はもう少し掛かるから、とりあえずこれでも食べててくれ」

「ブルル！」

エクスに大きな骨付き肉を渡し、俺は鉱石を観察した。

「ふむ……。なんか凄そうだが、全然わからん」

後でドワーフのおっちゃんに見せに行くか。てかそれよりも、さっさと飯の準備をしなければな。エクスも早くしろと言わんばかりにジト目でこちらを睨んでいるし。

「相変わらず食いしん坊だな……」

まったく、誰に似たんだか。それより、もう肉食い終わったのかい。早すぎるだろ。

十分後。

「ほれエクス、飯だぞ～」

近くに大きな鉱石が横たわっていたので、それをテーブル代わりに大量の食料を出した。主にうちの料理長が作ってくれた料理である。他にも、市場で買ってきた果物やら野菜やらを並べた。

一般の冒険者達はそもそもマジックバッグを持っていないので、ダンジョンに潜る時は基本的に携帯食糧を持って行く。そのためダンジョン攻略というのは、結構スピード勝負だったりするのだ。

まぁタフな冒険者パーティはダンジョン内の魔物を調理して凌いだりするのだが、それは動物系の魔物が出現する場合だな。ここみたいに虫系の魔物ばかり出現するような所だと、少し厳しい。

デカい蜘蛛とかバッタとか普通に食べたくない。中にはそれも気にせずに喰らう猛者達がいるらしいが……。

エクスと共にたらふく飯を食った後、俺はだらけているエクスの腹に背を預け、目を閉じた。マジックバッグの中に魔物除けの魔導具があるが、この階層であればまだ使用しなくても大丈夫だろう。

俺達は魔力と《闘気》を全開にした。すると蜘蛛の子を散らすように魔物達が逃げていくのが〈光探知〉で確認できた。

「ふむ、やはり大丈夫そうだな。何かあればすぐに起こすから安心して寝ていいぞ」

「ブルルル」

「おう、おやすみ」

Sランクの『スレイプニル』であるエクスは、人間よりも圧倒的に五感が優れているので、余計なお世話かもしれないがな。

数時間後、俺達は無事起床し探索を再開した。

「十一階層はまた普通の洞窟に戻ったな。ギルドで聞いた通りだ」

このダンジョンはほとんどが普通の洞窟のような構造をしており、十、二十、三十、四十、五十階層だけが特別な構造をしている。ちなみに『帝蟲の巣』はまだ未踏破で、最高記録は四十四階層らしい。このダンジョンは女性冒険者に不人気なので、その理由もわからなくもない。大体のパーティに、最低一人は女性が所属しているのでな。

「今日の目標は二十階層だな」

「ブルル」

十一～十九階層には特にこれといった魔物は生息していなかった。しいて言えばナメクジみたいな魔物が天井にへばり付いていたな。見た目的に何かの効能薬の素材になりそうだったが、天井に付着した苔を頑張って食べていたので討伐しなかった。可哀そうだし。

「なんか、外で見たことのある魔物ばかりだったな」

と呟きながら第二十階層に踏み入ると、地面に花が咲き誇っていた。とりあえず周りを見渡す。すると前世でも見覚えのあるものが天井からぶら下がっていた。

「エクス、あそこにポイズン・ビーの巣がある。厄介だぞ」

「ブルル」

あの蜂型魔物は毒針から毒を飛ばしてくるので、それを避けつつ攻撃しなければならない。

俺は【星斬り】を抜き、まずは群れの先頭を飛んでいる一匹に狙いを定め、空中へ高く跳んだ。こいつらはDランクなので飛ぶスピードもそこそこ速く、連携も上手い。

「だが、それだけだ」

毒を大量に飛ばしてくるが、空中で身を捻り回避する。そして頭部に一突き。

「まずは一匹」

仲間を殺されたのを理解したポイズン・ビー達は怒り狂いながら俺に殺到してきた。

そこで俺は、今討伐した毒蜂を踏み台にし、その群れの中に突っ込んだ。

毒を避けつつ星斬りを一閃し、半分に叩き斬る。それを踏み台にし、次の一匹。また次の一匹と順調に倒していく。側から見れば、俺は電光石火の如く空中を駆けていることだろう。虫型の魔物は生命力が高く、半分に叩き斬っても動くことがあるので、それは順次、エクスが仕留めていく。

そのまま五十匹ほど討伐し終え、久しぶりに地面に着地した。残すはあと、女王だけだ。

「確かクイーンはCランクだったな」

巣を見ると女王蜂が翅(はね)を小刻みに震わせ、憤怒の表情でこちらを睨んでいた。

「デカいな。全長二メートルはあるんじゃないか？」

その瞬間、クイーンは俺目掛けて突っ込んできた。俺に毒を飛ばしても意味がないということを理解しているようなので、恐らく肉弾戦を仕掛けてくるつもりだろう。

まずは物凄いスピードで体当たりをしてきた。あの鋭く鋭利な翅に当たってしまうとバラバラにされそうなので、巨体を避けつつ翅を星斬りで受け流す。

キィン！

「やっぱり受け流して正解だったな」

一度通り過ぎた女王は、空中で旋回し再び突撃してきた。デカい図体の割に俊敏性が高い。

今度はノコギリ状の大きい顎で俺を食い殺すつもりだな。

「とりあえず地面に落とすか」

俺も猛スピードで突撃し、勢いのまま顔面目掛けて突きを放った。

予想通りクイーンは顎で星斬りを挟み込み、俺と見合う形で膠着状態になった。

この状態であればたぶん……。

「やっぱ毒針を突き刺しにくるよな」

俺は毒針を上手くキャッチし、針を根元からバキッとへし折った。〈身体強化〉を駆使すれば、このくらい余裕だ。

「ギチィィ！！」

その痛みで顎を開き、星斬りを離した。どんな魔物でも、手痛い攻撃をくらえばパニックになるもんだ。

「じゃあな」

俺はその一瞬で背後に回り込んだ後、美しい太刀筋で一閃し、クイーンの首を刎ねた。

敵ながら天晴れである。お前の素材は絶対に無駄にはしないからな。

首を斬り落とした後も、胴体だけが動いていたが、しばらくすると止まったので丸ごとマジックバッグに収納させてもらった。

「すまんな、エクス。独り占めしてしまって」

「ブルル」

エクスも戦闘が大好きなので、次は譲ってやろうと思う。

ポイズン・ビーの巣を全滅させた後、巣の中を確認したら、大量の高級ハチミツが詰まっていたので、それもありがたく採取させてもらった。

俺達は目標通り二十階層を攻略したので、今日はここで一夜を越すことにした。一夜と言っても、このダンジョンの場合は常に一定の明るさを保っているので、体感である。

「じゃあ今日の夕食はコカトリスの巨大ステーキ（鶏肉）にするか」

「ブルルル！」

エクスは基本肉なら何でもウェルカムなので、Bランクモンスターであるコカトリスの料理なら大興奮間違いなしだろう。もちろん俺も。

肉はハチミツに漬けておくと、柔らかくジューシーになると聞いたことがあるので、先ほど手に入れたハチミツに肉を数分間漬けた後、弱火でじっくりと焼いた。

それは前世で食べた、どの肉料理よりも美味かった。

「コカトリスの肉はたくさんあるから、いくらでもおかわりしていいぞ」

「ブルル！」

そして俺達は巨大ステーキに舌鼓を打った後、デザート用の果物をたくさん頬張った。

「今日は一応魔物除けの魔導具も設置するか」

「ブルルル」

その後、俺はエクスの温もりを背中に感じながら目を閉じた。

二十一〜二十九階層も景色はあまり変わらなかったが、Cランク以上の魔物が少しずつ出現するようになり、攻略速度が少し落ちてしまった。ぶっちゃけ魔法を使えば一瞬で討伐できるが、そうやって楽ばかりしていると肝心な時に痛い目を見そうなので、できる限り剣術と〈身体強化〉のみで戦った。

その方が楽しいし、冒険者としての生を実感できる。

というわけで俺達は順調に三十階層まで到達した。足を踏み入れると、中は今までの五倍は広かった。

「よし、ギルドの情報通りだな。ってことは……」

俺達は上を向いた。すると、天井近くをとんでもないスピードで飛ぶ魔物を発見した。

「あれがこのダンジョンの固有種『ブラスト・ドラゴンフライ』か。《風》魔法で攻撃してくる上に、自身も風で強化するんだよな」

あの蜻蛉然り、ブラックホース然り、《風》魔法を使ってくる奴らは総じて使い方が上手くて恐ろしい。人族と違い、本能で駆使しているというのがこれまた凄い。

「ブルル」

「そうか、頼んだ。周りの雑魚は俺に任せとけ。一応Bランクだから気を付けろよ」

その言葉を聞いたエクスは迷いなく歩を進め、蜻蛉の下まで移動した。

Bランク以上の魔物は基本的に単独行動をする。あの蜻蛉も例外ではなく、この階層に一匹しかいないようだ。全長は三メートルほどでエクスよりも小さい。そう考えるとエクスって結構デカいんだな。

エクスの《雷》魔法を合図に戦いが始まった。エクスの角からいくつもの雷が放たれるが、蜻蛉はそれを見切って回避し続ける。

回避しながらもエクスに向けて《風》魔法を撃つが、エクスも楽々と避ける。

「凄い動きだな。まるでSF映画みたいだ」

それに気づいた魔物達が続々と近づいてきたので、〈光の矢〉で丁寧に殲滅していく。

前世で蜻蛉は、虫の中で最も目が良いと言われていた。この世界でも同じなのだろう。今目の前で繰り広げられる戦闘を見れば、誰もが納得すると思う。

「ん？　エクスは何をするつもりなんだ？」

エクスは特に攻撃力のない広範囲型の《水》魔法を蜻蛉に放った。蜻蛉は通り抜けられると考え、ハテナを頭に掲げながらその中に突っ込んだが、その瞬間エクスが雷を撃ち、蜻蛉は盛大に感電した。

そして水でビショビショになった蜻蛉の亡骸が地面に落下した。

「ナイスファイトだ、エクス。最後はちょっとズルかったけど」

「ブルルル」

エクスのおかげで無事三十階層を攻略し終え、俺は飯の準備に移った。

「エクスがいるから退屈せずに済んでいるが、もし一人でダンジョンに潜ったりしたら初日に孤独死してしまいそうだな。モグモグ」

「ブルルル。モグモグ」

エクスの鬣を撫でながら、感謝を伝える。まぁ本人というか本馬は飯を食うことに精一杯のようで、あまり聞いてないけど。

全然関係ない話だがエクスは肉も魚も、野菜も果物も好き嫌いなく食べて本当に偉い。バランスの良い食生活を送っていることも、こんなにデカくなれた理由の一つなのかもしれんな。

「エクスは何でも食べて偉いな。これからも一緒にたくさん食べよう」

「ブルル」

その日も魔物除けの魔導具を設置してから目を閉じた。たまに魔物の絶叫が聞こえるが、特に気にしない。どうせ魔物同士で殺し合いをしているのだろう。もちろん負けた方は捕食される。

そんな弱肉強食の世界のド真ん中で寝るのも、また乙である。

「エクス。ギルドの情報だと、三十一階層からはBランク魔物が出現し始めるから気を引き締めていくぞ」

「ブルルル」

ここの最高記録は四十四階層なので、それ以降の情報はないに等しい。しかし専門家が他のダンジョンを参考に計算したところ、『帝蟲の巣』は五十階層までという結論に至ったらしい。また、その五十階層にはAランクのボスが生息している。

俺はダンジョンに関しては素人なので、専門家の調査結果を素直に信じた方が、賢明だろう。

一応説明しておくが、ここからはBランクの魔物しか出現しないというわけではなく、Cランク以下の魔物も普通に生息している。Bランク魔物達はそいつらを餌にして日々暮らしているのである。大体一階層に一匹はBランクの魔物が生息しているらしい。

エクスと順番に狩りをしつつ半日ほど進み、俺達は三十五階層に到着。だが、ここで問題が発生した。

「ん？　Bランクにしては大きい魔力を持ってるやつがいるな」

「ブルル」

「〈光の矢〉を飛ばさずに少し近づいてみよう」

その魔物と百メートルほどの距離まで進む。良く目を凝らすと、壁面に巨大な百足(むかで)でへばり付いていた。しかもこちらに気が付いている様子。

「あれってAランクのキングセンチピードだよな？」

俺の愛読書である魔物大全典に載っていたので、間違いないだろう。見た目が気持ち悪いからよく覚えている。

普通にAランクの魔物が歩いているのは、Sランクダンジョンの特徴だ。まだ四十七階層に出現したとかであれば五十階層から上ってきた可能性が高いのだが、ここは三十五階層なのだ。アイツはここらの階層に出現したに違いない。

ここで俺はエクスから降りた。

「ちょっとアイツと実際に戦ってみよう」

実際に戦ってみることで、別の発見があるかもしれないのでな（我慢できなかっただけ）。

俺はすぐさま〈光鎧〉を起動。

【星斬り】を鞘ごと持ちながら前傾の姿勢になり、目を瞑る。

そう。刀の真骨頂、居合斬りである。

アイツは俺が戦闘態勢に入ったことに気付き、涎を垂らしながら突進してきた。

「キシィィィ」

あと

五十メートル

四十メートル

三十メートル

二十メートル

そして
十メートル。

〈光速思考〉を起動し、五感と集中力を高める。
前傾姿勢のまま、自分の意識を闇の中に落とす。
何万分の一まで凝縮された時間の中で、タイミングを窺う。
全身、特に足の裏と手に魔力を込める。
すると、星斬りと俺の魔力が共鳴する。
全身から溢れ出した《闘気》が空気を振動させる。
刹那。
この世界を壊すように、キングセンチピードの余波が頬を掠めた。

「ここだ」
目をカッと見開き、足の裏の魔力を爆発させる。
一瞬でキングセンチピードの顔の横に移動し、
キィン
という静かな音と共に、キングセンチピードの首から上が落ちた。

ポトリ
俺はゆっくり星斬りを鞘に戻す。

「ふぅ、やっぱり闘いはこうでなくてはな」

「ブルル」

お疲れ様と労るようにエクスが近づいてきたので、よしよしと撫でる。

キングセンチピードの亡骸を丸ごとマジックバッグにしまった。この百足は全長六メートル以上はあるので、収納するのに少々時間を食った。実家に持ち帰っても嫌がられそうだからギルドに直接売ってしまおう。冒険者諸君には喜ばれそうだし。

その後、三十七階層でもAランクのダイヤモンド・スコーピオンに出くわした。そいつも魔物大全典に詳しく記載されており、弱点までよく覚えていたので勝負は一瞬だった。

『ダイヤモンド』という名の通り、蠍(さそり)の装甲は非常に堅固で並大抵の攻撃では傷一つ付けられない。

こいつの弱点はいくつかあるのだが、そのうちの一つが《雷》魔法である。周りは堅いが、その分中身は弱いわけだな。

エクスが雷を放つとすぐ丸焦げになり、討伐が完了した。気の毒である。蠍だけに。

「エクス……。なんかいい匂いしないか？」

「ブルル……」

討伐した蠍に近づいたところ、なぜか蟹（かに）の香りが俺達の鼻腔をくすぐった。

「ゴクリ……。ちょっと一口食べてみるか。一口だけ」

「ブルル……」

〈光鎧〉を起動し、強引に甲殻を剥（は）がす。すると中からプルリと蟹のような身が顔を出した。

エクスの分も準備し二人で口いっぱいに頬張ると、世界中の高級甲殻類をギュッと凝縮したような旨味が舌上を暴れまわった。控えめに言ってヤバい。

今まで何度もAランク魔物を食べたことがあるが、正直これは別格。気が付けば可食部をすべて食べつくしてしまった。人生のフルコースに選ばせていただこう。

「エクスよ。こいつを見かけたら積極的に狩ろう」

「ブルルル！」

見た目はちょっとアレだが、是非家族の分も取って帰りたい。皆喜んでくれるに違いない。レイの笑顔を見られるなら、ダンジョン内を草の根分けてでも探し出す覚悟で、乱獲してもいいと思える程の美味（うま）さだ。

俺達は興奮冷めやらぬまま行軍を続け、夜（体感）には四十階層に到達。そこは真っ暗な空間で、見渡すと赤い目がチラホラと光っているのを発見した。かなり不気味である。ギルドの情報によると、ここにはBランクのダークネス・スパイダーが生息しているらしい。

「ふむ。情報通り、ダークネス・スパイダーで間違いなさそうだ」

てっきりAランク魔物がいると思っていたが、そんなことはなかった。もしかすると、こいつらを討伐すればこの後Aランク魔物が出現するのかもしれんな。

「たまには魔法使うか。俺一応魔法師だし」

あの蜘蛛達は普段から暗い場所に生息しているので、強い光にめっぽう弱い。要するにあいつらにとって俺は、最大の天敵なわけだ。

「エクス、一瞬目を瞑ってくれ」

エクスが目を瞑ったのを確認した俺は、強い閃光を放った。攻撃力は皆無だが、夜行蜘蛛の目は完全に潰れただろう。だが、潜んでいるAランク魔物は視力以外の五感が優れているので油断はできない。

前世でも蜘蛛は振動に超敏感だったしな。

「念には念を……だ」

〈ロンギヌスの槍、二重展開〉

暗闇の中に顕現した破壊の神槍は次々と蜘蛛達に飛んでいき、頭に直撃した。

「いともたやすく討伐できたな、蜘蛛だけに」

「ブルル……」

そんな目で見ないでくれエクス。俺が悪かったから。

反省がてら、いそいそとマジックバッグに素材を収納し、四十階層の攻略は完了した。

余談だが、先ほど俺達は大量に蠍を食べたのにもかかわらず、夕食もしっかりと頂いた。

「別腹だよな、エクス」

「ブルル」

次の日も俺達は攻略を続けた。四十～四十四階層にはAランクモンスターはいなかったが、人類未踏破である四十五階層からはチラホラと生息していた。まだ環境が変わっている最中なのだろう。俺の予想では、これから三十階層以下の下層にAランクモンスターが少しずつ増えていくと思う。

そんなこんなで四十九階層の最奥にある、五十階層への階段前までやってきた。

「ブルルル」

「遂に到着だな」

俺の予想だと第五十階層のボスはSランク魔物である。

こうなってくると、もう完全にSランクダンジョンだな。

今回は『帝蟲の巣』のモンスターが急激に増え、氾濫が起こる可能性があったためギルド長から調査依頼を受けたというのを忘れてはいけない。

「まぁ理由は大体わかった。なぜモンスターが急激に増えたのか、またなぜAランクモンスターが出現しているのかはギルドに行ってから説明すればいいか」

五十階層に下りながらエクスに語りかける。

「久しぶりの強敵だからな、全力で行くぞ」

「ブルル」

階段をすべて下りると。

直径五百メートルほどの空間の真ん中でSランクモンスターの『カイザーマンティス』が此方（こちら）を睨みながら佇んでいた。恐らく俺達が四十九階層にいた時から気配を察知し、待ち侘びていたのだろう。

「やはり、ここが最下層で間違いなさそうだな」

カイザーマンティスは、全身が美しい純白色で全長八メートルくらいの大きなカマキリだ。カマキリは、前世でも自分より遥かに大きい鳥を捕まえて捕食した記録があるほど凶暴で危険だ。

俺も何度か鎌で挟まれたことがあるが、涙目になるほど痛かった記憶がある。

「まずは〈光の矢〉と《雷》魔法で攻撃するぞ」

「ブルル」

いくら強敵でもエクスの速さには絶対敵わないからな。

俺達は壁沿いを駆けながら何百、何千にも及ぶ魔法を放つ。

しかし、カマキリは最低限の動きですべての攻撃を回避する。驚くほど俊敏である。

「じゃあこれはどうだ？」

今度は死角から『ロンギヌスの槍』を放つが、魔力を纏った腕の刃で斬り落とされた。

マジかよ。もしかして後ろに目が付いているのか？　あいつは。

「一応この魔法は〈超級〉なんだけどな」

当たり前のように斬り落とすのを見ると、さすがはSランクって感じだ。

エクスも負けじと、《雷》魔法だけでなく《水》魔法を撃ち続けるが、すべて回避されるか斬り落とされる。

「全然効かないな。急所を狙ったところで意味ないし……」

久しぶりだ。この強敵を前にした時の緊張感を味わうのは。

そう考えていた時、カイザーマンティスが魔力の斬撃を飛ばしてきた。属性は不明。

「エクス！」

俺の言葉を聞いたエクスはさらにスピードを上げ、魔力の斬撃を強引に躱した。

「出番だぞ【星斬り】」

と言って、腰に差してあるもう一人の相棒を抜いた。

〈光速思考〉をしながら解析する。なるほど、魔力にはそんな使い方があるのか。

あいつの鎌でできるのであれば、星斬りなら確実にできる。なんせ世界一の剣なのだから。

刹那、再び斬撃を放ってきたので俺も星斬りから斬撃を飛ばして相殺する。成功だ。

その後も何千何万という数の魔法がこの空間を飛び交い、壁面はボロボロになった。

破壊痕だけ見れば、完全に怪獣大戦争である。被害を考慮すると、外では決してできない戦い方である。こんなの初めてだ。とても楽しい。

カマキリが斬撃を飛ばすのを一度やめたので、俺達も撃ち止めた。

「エクス、俺はアイツと星斬りで戦うから、もしヤバそうになったら適当に遊撃してくれ」

「ブルル」

よっと、と言いながらエクスから降りる。

そのまま俺は、じっとカイザーマンティスと見つめ合う。

こいつは二年前に討伐したSランクのヴァンパイアベアよりも確実に強い。同じランクでも天と地ほどの差がある。俊敏性、防御力、攻撃力、魔力量、これらすべてが圧倒的に上だ。

〈光速思考〉を起動し、五感と集中力を高める。〈光鎧〉を最大限に起動し、魔力を再び星斬りに流す。

ああ、全身の血が沸騰する。世界が止まったと錯覚するほど集中し、全身が研ぎ澄まされていく。

瞬間、お互いの《闘気》がぶつかり合い、拮抗する。

まるでここだけ別世界のようだ。

さぁ、躍ろうか。

「ガァァァ！！！」

「うおォォ！！！」

互いに距離を詰め、刃を何度も何度も交差させる。

カマキリの左刃を弾き、その勢いで体を回転させ右刃を避ける。そうすると左刃が飛んできて星斬りの逆刃で受ける。凄まじい猛攻をギリギリ受け流していく。

すぐに関係が逆転し、俺が攻める。今まで積み重ねてきた剣術をすべてぶつけるべく、実直に星斬りを振るう。袈裟斬り、逆袈裟、振り下ろし、振り上げ、横一閃、フェイントからの突き。シンプルだが、シンプルゆえに崩れない。

しかしカマキリもリーチを活かして防御する。

力は同等。速さも同等。技で勝負するしかない。

相手の刃は二本、対して此方は一本。冒険者として磨いてきた「攻めの剣」と「柔の剣」は徐々に押され始めた。

「まだだッーー！！！」

「ガァァァ‼」

少しずつ俺に傷が増えていく。傷口から血が流れ、汗が目に入り視界が濁る。

手足が痺れ、集中力が徐々に低下していく。

そして遂に崩されてしまった。星斬りが大きく弾かれ、このままでは左刃で斬り裂かれてしまう。カマキリもこれを狙っていたのか、一瞬だけ魔力が高まった。マズい、これではエクスも間に合わない。最悪の状況である。

カマキリの刃が振り下ろされた刹那、俺は無意識に〈光速思考〉を最大限に起動し、世界が停止した。それは一歩間違えれば脳が焼けるほどの思考速度である。今まで怖くて踏み入れなかった領域だ。なぜか土壇場で起動させてしまった。

「は？」

自分でもよくわからずに混乱している。

すると魔臓の中心あたりから爆発するようなエネルギーを感じた。

俺はそこから湧いたマグマのように熱く煮えたぎる魔力を、無意識に〈光鎧〉に流す。

それは、今までの《光》の魔力とはまったくの別物。

表現するならば、洗練された仙人のような魔力。

星斬りにその魔力を流し、右から左へその刃を振るう。

キィイイン

星どころか、この世のすべてを叩き斬るような美しい一閃。

〈光速思考〉を解除すると同時に、カイザーマンティスは胴から真っ二つになって崩れ落ちた。

後ろを振り向くと、エクスもビックリしていた。目が点になっている。

「はぁはぁ、エクス心配をかけたな」

「ブルル」

エクスは、俺がカイザーマンティスを真っ二つにする少し前に、《雷》魔法で援護しようとしてくれていたのだ。でもいつのまにか半分になったカマキリを見て、驚いていた。

「よし、亡骸を回収して転移魔法陣に乗るか」

ダンジョンのボス部屋の奥には、基本的に上まで戻れる転移魔法陣が存在する。

この転移魔法陣は、未だ解明されていない上に、誰が設置したのかも不明である。だが、便利なので冒険者達は皆使っている。

件の魔法陣に乗り魔力を込めると、一階層の入り口に無事転移することができた。

その後カーセラルに戻りながら考える。

普段俺は、無属性の魔力と《光》の魔力を使い分けている。だが今回の件で第三の魔力、表現するなら《閃光》の魔力が使えるようになった。

身体への流し方や練り方は同じなのだが、発動速度が劇的に速い。それに〈光鎧〉のスピード、攻撃力、防御力も上がったので、他にも色々とできることがあるかもしれない。

俺は《閃光》の魔力に目覚めたことで、次のステージに進めた気がする。

「さっき剣戟は諦めて魔法を放とうと思ってたんだが、予想以上に白カマキリが速すぎて魔力を練る時間がなかったんだよな」

例えば〈光鎧〉を起動する時と〈ロンギヌスの槍〉を放つ時の魔力の練り方は別のベクトルなので、同時起動には少し時間がかかる。

〈光速思考〉を起動していても、魔力を練り魔法を完成させるまでの時間が短縮されるわけではないのである。

要するに、ピンチだったわけだ。

「でも【閃光】の魔力を駆使すれば、それも一瞬でできそうな気がするな」

「そもそもなんでさっき〈光速思考〉が最大限に起動して、《閃光》の魔力が使えるって気付けたんだ?……」

「こりゃもっと研究しなきゃダメだな」

魔法はただでさえ不思議だらけなのに、これ以上謎を増やしてどうするんだか。はぁ。

これが日々、骨身を削る思いで研究に没頭している魔法学者達の気持ちなのか。

「エクスも付き合ってくれよ」

「ブルル」

普通に断られた。ケチである。

その日の夜、カーセラルの冒険者ギルド支部にあるVIP室内で、ギルド長【ネルソン】に今日のことを話していた。

「というわけで、『帝蟲の巣』のボスを討伐してきた」

「え、ソロでですか？」

「そうだ」

「それは驚きですね。それでいつから潜ってたんですか？」

「四日前だ」

「……」

「どうした？」

「もう何も驚きませんよ」

「ここから本題だが、あのダンジョンのモンスターが増えた理由がわかったぞ」

「聞かせてもらっても？」

「数年前、地震があったろ？」

「えぇ」

「それでダンジョン付近の地盤がずれて、龍脈からそこに流れる魔力が格段に増えたんだ」

「なるほど」

「その影響で三十～四十九階層にAランクモンスターが出現するようになり、他のモンスター達が二十九層以上に逃げた結果、上層付近の魔物の密度が一時的に高くなったわけだな」

「うちの冒険者だと潜っても十五階層までなので、その過程がわからずに、ダンジョン内すべてのモンスターが増えたように勘違いしたと」

「そういうことだ。あと、五十階層のボスはSランクのカイザーマンティスだったし、三十階層以下はこれからずっとAランクの魔物が出現し続けるだろうから、AランクじゃなくてSランクダンジョンに認定した方がいいぞ」

「な！　Sランクのボスが出ただなんて聞いてませんよ！」

「言うの忘れてた」

「えぇ」

こうして、カーセラル近郊のAランクダンジョン「帝蟲の巣」は無事Sランクに認定されたのであった。

ギルドから宿屋へ戻ってきた俺達を、セバスが出迎えてくれた。

「おかえりなさいませ【閃光】様。いかがでしたか？」

「おぉセバスか。攻略してきたぞ」

「え？　四日でですか？」

「ああ」

「それはそれは……」

「それと、明日から『帝蟲の巣』はSランクダンジョンになるぞ」

「？.？.？.」

後日、セバスは知り合いの冒険者から事の顛末を聞き、尻もちをつくのだった。

余談だが、カーセラルに新たなSランクダンジョンが生まれたという情報は、すぐに帝国中を駆け巡った。

その結果、数多の高ランク冒険者達がこの都市を訪れ、帝蟲の巣に潜ったらしい。

ダンジョンの資源は莫大な富を生むので、アインズベルク侯爵領にとってもありがたい話である。

第16・5話：諜報員

帝蟲の巣を攻略した、約二週間後。

今日は待ちに待った、カイザーマンティス装備の受け取り日である。バルクッドに帰還後、すぐにドワーフ工房へ直行し、装備の改良を依頼したのだ。

彼らは全員腕利きなので、きっと素晴らしいモノができていることだろう。楽しみである。


エクスは母ちゃんとレイのショッピングに付き合うらしいので、俺は現在一人寂しく徒歩で工房へ向かっている。

大通りにはたくさんの店や屋台がズラリと並んでおり、道の端には商人達の馬車が停まっている。行き交う人々も、人間、エルフ、獣人、ドワーフと様々だ。

「やはりバルクッドは活気があるな」

アインズベルク侯爵家の者として非常に誇らしい。

屋台に寄ってつまみ食いをしつつ歩いていると、ようやくドワーフ工房が見えて来た。

到着後、すぐに中へと入り、今日は混んでいるようなのできちんと列に並ぶ。

いくら貴族とは言え、俺は一応この都市の代表の子息なので、ルールは率先して守るのである。

「次の方、どうぞ〜。今日はどのようなご用件でしょうか？」

「先日依頼した装備を取りに来た」

「承知致しました。お名前を伺ってもよろしいでしょうか？」

「アルテだ」

下を向いて作業をしていた受付嬢が、名前を聞いて驚いたのか、勢いよく顔を上げた。

「ア、アルテ様⁉ 少々お待ちください！ すぐに親方を呼んでまいります！」

「わかった」

受付嬢はどうやら新人さんだったようで、俺の名前を聞いてから顔を二度見し、裏へ跳んで行った。

なんか、ごめんな。

数秒後、ドワーフのおっちゃんが、やや興奮気味に装備を持って来た。

「待ってたぜ、【閃光】！」

「その様子だと、装備の改良は終わってるようだな」

「おう！ バッチリよ！」

「では早速見せてくれ」

おっちゃんは鼻息を荒くしながら、袋の中に手を突っ込んだ。

依頼者へのお披露目というのは、鍛冶師にとって緊張することではなく、案外楽しみなことなのかもしれない。無論、受け取る俺も楽しみである。

そしてカウンターに装備を置いた。

「これが俺の新装備か……」

「カイザーマンティスの素材を加工して改良した、正真正銘のSランク装備よ！」

黒に白が映える、美しい外套である。

「作る前に採寸させてもらったから大丈夫だとは思うが、一応試着してくれるか？」

「もちろんだ」

俺はその場で、バサリと外套を羽織った。

「ピッタリな上に、着心地も最高だ」

「そりゃぁ良かったぜ！」

おっちゃんは立派な顎髭を摩りながら、まじまじと観察してくる。

「それにしても、想像以上に似合ってるなぁ。こりゃあ貴族令嬢達も放っておかねぇだろうよ」

「俺は性能が良ければ何でもいいのだが」

「でもカッコいいに越したこたぁねえだろ？」

「まぁそうだな」

料金は依頼日に先払いしたので、早めに工房を出よう。おっちゃんも忙しい身だしな。

「じゃあな、【閃光】！　身体の成長に合わせて調整するから、定期的に来てくれよ！」

「わかった。ありがとな」

おっちゃんはニカッと笑いながら送り出してくれた。

新装備に身を包んだ俺は、ルンルンで大通りを進む。

偶には外で昼食をとるのもアリだな。

定食屋はこの時間人が多くて騒がしいので、今日はちょっとお高めのレストランに行くか。新装備の余韻に浸りながら、静かに食べたい気分なんだ。

以前から気になっていた店に入ると、二階のテラス席に案内された。

「テール・ドードーのトマト煮と、地元野菜のサラダで」

「承知致しました。少々お待ちください」

五分もしないうちに料理が運ばれてきた。さすが格式の高いレストランだ。

テール・ドードーは文字通り、テール草原に生息している飛べない鳥系魔物である。簡単に説明すると、小さいダチョウのようなモノだ。

Ｅランクだが脚力が凄まじく討伐が難しいのに加え、味がとても良いため、高級食材として取り扱われている。

このトマト煮には、そんなドードーのもも肉がふんだんに使われている。

俺はスプーンで掬い、口に運んだ。

「美味い」

舌の上で、肉の繊維が一本一本崩れていくのが分かる。

ジューシーな旨味がダイレクトに伝わってくる。トマトと香草の爽やかな風味もたまらない。

定食屋の特盛定食をガッガツ食うのも好きだが、こうやってレストランで静かに舌鼓を打つのもまた乙である。

気が付けば、綺麗に完食していた。

「最高だった……」

現在、食後の休憩がてら、テラスから賑やかな通りを眺めている。

すると、不審人物を発見した。そいつは常に辺りを窺いながら歩いている。明らかに怪しい。

この都市は比較的発展しているので、キョロキョロする観光客は多い。だがアイツの動きは、無駄に洗練されているので逆に臭い。

うちの軍の者でもなければ、帝国軍の者でもない。冒険者って感じでもない。

たぶん諜報員だな。どこの国かは知らんが。

「釣りはいらん」

「へっ!? ま、またのご利用をお待ちしております！」

俺は受付の店員に赤金貨を渡し、すぐにレストランを出た。

まず物陰に行き、〈光学迷彩〉と〈光探知〉を起動。奴の魔力は覚えているので、屋根を伝いながら追跡する。

すでに追跡を開始してから三十分経過したが、アイツは相変わらず周りを気にしながら歩いている。

もう視界にアインズベルク侯爵邸が入るくらいの場所までやって来た。奴が何か行動を起こす前に阻止しなければならない。

しかし、アイツは遠くにある屋敷をひと睨みした後、踵を返した。

今回はただの偵察だったらしい。

「せっかくだし、アジトまで案内してもらうか」

その後も追跡した結果、あの諜報員は都市のハズレにあるバーに入った。

マスターの耳元で何か呟き、そのままカウンターの奥へ消えた。

あそこは確か五、六年前にオープンしたバーである。マスターも変わっていないはずなので、最低でもその時から、諜報員の拠点として使われていた可能性が高い。

ここまで来たので潜入することは確定だが、問題はどうやって入るかだ。

マスターも諜報員だと思うので、カウンターに入るのが難しい。バルクッドに派遣されたということは、奴もそれなりの手練れだろうからな。

「あの作戦でいくか」

俺はこっそり入店した後、酔っ払いのテーブルからフォークを拝借し、隣のテーブルの酔っ払いに投げつけた。

「痛ってぇな！　テメェか、コラ！」

「は？　俺じゃねぇよ！」

「じゃあ誰が投げたって言うんだよ！」

「いちゃもんつけやがって！　ぶっ飛ばすぞ、お前！」

「こっちのセリフだ、馬鹿野郎！」

酔っ払い同士が取っ組み合いを始め、周りから野次が飛ぶ。

「いいぞ、やれやれ！」

「そこだ、やっちまえ！　がははは！」

マスターはチッと舌打ちをし、仲裁に入った。

「お前らいい加減にしろ！　これ以上暴れたら出禁にしちまうぞ！」

よし、今のうちだ。

俺はカウンターの奥へ侵入した。

突き当りを左に真っすぐ進むと、行き止まりだった。しかし、あの諜報員の魔力はこの下から感じる。

試しに足で床を軽くトントンとつついてみると、一部の床が空洞であることに気が付いた。扉を開け、中へ入ると、地下へと階段が続いていた。

そのまま長い階段を下りると、一つの部屋に繋がっていたが、不用意にもドアが開けっぱなしになっていたので、ありがたく入らせてもらう。

そこで二人の諜報員が議論していた。一人が今日発見した奴で、もう片方がその上司だろう。

「長官。先ほど偵察してきましたが、やはり侯爵邸に侵入するのは困難です」

「そうか、君でも無理なのか……。どうにか書斎に侵入し、資料を手に入れたいものだが、そう簡単にはいかないようだな」

「侯爵邸はあらかじめ侵入しづらい立地に建てられている上、その護りは鉄壁です」

「では今まで通り、護りに隙ができるまで待つしかないな」

「何か大きな事件が起きれば良いのですが……」

「ああ、まったくだよ」

俺はまず長官の首に手刀を放ち、気絶させた。

「ぐぁっ！」

「長官⁉　貴様、何者だ！」

「さぁな」

長官曰く、此奴は結構な手練れらしいので、気を付けて対処する。

相手は一瞬で冷静さを取り戻し、ナイフを五本飛ばしてきた。

先端には毒が塗られているようなので、少しでも掠(かす)ればアウトだ。

そこで俺は外套でナイフを弾き、そのまま距離を詰めた。

Sランク装備だからこそ、できる芸当である。


「なっ⁉」

これには敵も予想外だったようで、表情に若干焦りが見えた。

俺は【星斬り】を抜刀し、剣戟を仕掛ける。

しかし、相手は短剣で上手く対処してきた。リーチの差はあるものの、室内なので星斬りを振りにくい。

敵の斬り上げに、斬り下ろしを合わせる。

キィン！

一度剣戟が止まった。刃と刃が拮抗し、火花が散る。

「お前ただの諜報員じゃないだろ。さしずめ暗殺部隊の隊員ってところか？」

「……」

「どの国から来たんだ？」

「随分、口が達者ですね！　そんなことより、まず自分の命を心配したほうがいいですよっ！」

「あまり大声出すな。上のマスターに気付かれるだろ」

ここで俺は〈光鎧〉を起動し、競り合いに押し勝った。

相手がバランスを崩したので、手から剣を弾き飛ばし、脇腹に回し蹴りを叩き込んだ。

「ぐっ！」

諜報員は吐血しながら気絶した。

マジックバッグから縄を取り出し、二人をグルグル巻きにする。

〈光探知〉を起動し上の様子を確認するが、マスターはまだカウンターにいるので、こちらには気づいていないと思われる。

再び〈光学迷彩〉を起動し、カウンターへ戻った。

《闘気》で威圧しながらマスターの首に星斬りを当て、言った。

「首を飛ばされたくなければ投降しろ」

「へ、へい……」

マスターも無事拘束したので、客に見回りの兵士を呼んでもらい、三人は軍の基地へ連行された。


一仕事終えた俺は欠伸をした。

「ふわぁ。そろそろ俺も帰るか……」


翌日の夕食にて。

「諜報員達の尋問が終わったとの情報が、先ほど軍から届いたぞ」

「結局、どこの国の所属だったんだ?」

「アルメリア連邦だ」

「やっぱりか。ちなみに、連中の目的は?」

「情報収集と要人の暗殺だ」

予想通り、奴は暗殺部隊の隊員だったらしい。

「アルが捕縛しなかったら、軍の上層部の者が何名か殺されていたかもしれん。ありがとな」

「偶然発見しただけだし、別にいいぞ」

「アルは流石ねぇ」

「アル兄様凄い！！！」


母ちゃんが溜息を吐いた。

「はぁ。本当にしつこいわね、あの国は」

「私も連邦嫌い！」

レイは優しい子なので、亜人を迫害した歴史を持つ連邦を快く思っていない。

プリプリ怒るレイも可愛いなと思っていると、親父が額に手を当て、呟いた。

「これから子供達が学園に通うというのに、先が思いやられるな……」

「ええ。少し前にも九尾の襲撃があったばかりだし、これでは心臓が持たないわ……」

母ちゃんは俺とレイの方に視線を向け、言った。

「アルもレイも、これから訓練頑張りましょうね」

「おう」

「うん！　私頑張る！」

俺は家族を守るために、もっと強くなろうと決意した。

第17話：入試に向けて

帝立魔法騎士学園の入学試験日まで二ヵ月を切った。

最近は鍛錬があまりできていない。しいて言えば、二日に一度エクスとお散歩をするくらいである。お散歩ルートには高ランク魔物の生息地も含まれるので、戦闘もかなり多い。

じゃあそれ以外の時間エクスを放置しているのか。という疑問が生まれると思うのだが、それに関しては大丈夫だ。

エクスは人気者なので、俺と一緒にいる時以外は引っ張りだこにされているからな。

たぶん今はレイと一緒に侯爵軍の訓練場にいる。俺の予想では、午後は母ちゃんのショッピングに付き合わされると思う。

俺はエクスと従魔契約を交わしている。そのため俺達の間には魔法のパスのようなものが繋がっており、近くにいれば互いに意思疎通が図れるのだ。もちろん気持ちの変化も丸わかりである。

そんな俺から言わせてもらうと、あの食いしん坊馬は俺以外と過ごす時もかなり楽しんでいる。

俺からすれば相棒なのだが、レイと兄貴にとっては弟のような存在なのかもしれない。両親にとっては三人目の息子だな。

大分話がズレてしまったから戻すとしよう。

現在俺は自室で試験勉強をしている。もっと詳しく説明すると、兄貴が二年前に作った『帝立魔法騎士学園入試対策』という問題集を解いている。

これは兄貴が入試の過去問を基に作ったノートである。あらゆる傾向を考慮し、最適な問題だけが並べられている。

「もしかして自分で作ったのか？　これ」

でも、あの帝国屈指の鬼才ならやりかねんな。

両親曰く、兄貴は学園でその才能をちゃんと発揮しているらしい。

十六歳にして、あらゆる学問に精通し、その道の学者達を唸らせている。

自分で言うのも何だが、我が家で一番才能がないのは俺だな。なんか急に自信がなくなってきた。

「まぁ前世の知識と努力で上がれるところまで上がってみるか」

そんなことを呟き、再び筆を滑らせた。

カリカリ……。

数時間後。

「ふう、ちょっと休憩するか。〈光速思考〉を起動できるようになってから、集中力が段違いに変わった気がする」

さすがに勉強中や試験本番で使うつもりはないので安心して欲しい。

「そんなセコイことをするために練習したんじゃないからな」


カナン大帝国の頂点である帝立魔法騎士学園の入試科目は魔法学、地理、歴史、算術の四つ。それプラス実技だ。

実技は魔法と剣術のどちらかを選ぶ。魔法実技の場合は的に己の得意魔法を放ち、それを試験官が採点する。そして剣術実技の場合は試験官と直接模擬戦をし、採点をしてもらうという形式だ。

簡単に説明すれば座学四科目＋魔法or剣術実技の計五つの総合得点で順位が決まる。

毎年三万人ほどが受験し、合格者が千人なので倍率は大体三十倍くらいだな。

合格者のうち上位十名が特待生に選ばれる。

特待生に選ばれると、一年分の授業料が免除され、同時にすべての授業の単位をもらうことができる。要するに授業を全部サボってもいいわけだな。

「非常に魅力的だ。たまらん」

俺が輝かしい青春を送るためには、特待生というピースは必須である。

というわけで。

「そろそろ勉強再開するか」

ぶっちゃけ、もし兄貴のような超天才児が紛れ込めば勝てないと思う。
しかし、帝国の未来を背負って立つような奴がポンポン現れるわけない。
試験に受かるのは大前提として、一応一位を狙ってみるか。

この決意を機に、俺の最後の追い込みが始まった。
言い表すならば、地獄の二ヵ月。

身体が鈍らない程度にエクスとお散歩し、それ以外は寝る間も惜しんで勉学に励んだ。
何度も言うが、俺は決して天才ではない。努力で覆すタイプだからな。人より百倍は頑張らなければいけない。

ある日。
コンコン
「誰だ?」
「アル兄様、今大丈夫?」
「おお、レイか。大丈夫だぞ」
ガチャ
「えへへ〜。来ちゃった」

「珍しいな、どうしたんだ？」

「アル兄様、最近頑張りすぎだと思って……」

レイは何やらモジモジしている。どうしたんだろう。

「俺も一応アインズベルク侯爵家の次男だからな。いつも貴族として贅沢な暮らしをさせてもらっているのに、入試に落ちてしまったら領民達に示しが付かないだろ？」

「でもアル兄様はもう冒険者として結果を出しているから、別にいいと思うけどなぁ。バルクッドも救ってるし」

「そう言ってくれると、幾ばくか気持ちが楽になる。ありがとな」

「うん！　それでね、アル兄様のためにこれ作ってきたの！」

レイは後ろに隠し持っていた袋を両手で渡してくれた。その袋は可愛らしくリボンで結んであり、中には色んな形のクッキーが入っている。

そうかそうか、レイは俺のためにクッキーを作ってくれたのか……。

「ありがとなレイ。後でゆっくり食べさせてもらう」

「うん！　頑張ってね！！！」

レイは大天使のような笑みを浮かべ、俺にギュッと抱き着いた。ナデリコナデリコ。

俺は良い妹を持って良かった。

「じゃあね！」

「おう」

その後、レイは部屋を去った。こんなサプライズをしてくれる家族のためにも、もっと頑張らせていただこうじゃないか。絶対に一位の座を手に入れてみせる。

モグモグ

こんなに美味いモン食ったことない。これ以上ないエネルギー補給である。

ペラ……ペラ……。

という紙をめくる音は、その日の深夜まで鳴り響いたという。

～サイド、ロイド・フォン・アインズベルク～

アルテがレイから手作りクッキーをもらっていた頃、帝立魔法騎士学園では。

僕は現在、婚約者であるソフィーと学園内を徒歩で移動している。

「……」

「どうしたんだ？　ロイド」

「あ、いや何でもないよソフィー。ちょっと家族を思い出していただけ」

「【閃光】か」

「よくわかったね」

「だって来年入学するんだろう？」

「うん。そうだよ」

今頃レイと仲良く会話してそうだよね。で、夕食の時間になったら家族全員でディナーを楽しむんだ。これが我が家の絶対的なルーティーンだからね。

「それで、彼はどうなんだ？」

「どうって？」

「最年少でSランク冒険者に上がった覚醒者として、エルドレア大陸で話題沸騰(ふっとう)中じゃないか。その上噂では伝説のSランク魔物『スレイプニル』を従えているそうだな。別名【深淵馬】とも呼ばれるが」

そりゃ気になるよね。ソフィーにとっては将来の義理の弟なのだから。

「あー。噂は全部本当だよ、アルは凄いからね。あと、従えているっていうよりは相棒みたいな感じだよ。毎日二人で日向ぼっこしてるし。ちなみに【深淵馬】の名前はエクスっていうんだけど、僕達にとって家族みたいなものだね」

「そんなに人懐っこいのか？　腐ってもSランクモンスターだろうに」

「うん、とても大きなワンチャンみたいな感じ。アルに似て食いしん坊なんだよねぇ」

「そうか、今度是非拝ませていただきたいものだな。話を戻すが、【閃光】はやはり戦闘力、勉学共に優れているのか？　帝国トップの学園で活躍できるほどに」

僕は少し考えこむ。ソフィーも空気を読み、待ってくれている。

そして遂に僕は口を開いた。

「言葉は悪くなっちゃうんだけど、アルは『学園で～』とか、もっと言えば『帝国内で～』とか、そんなちっぽけな枠の中には収まらないような存在だよ」

僕のその言葉を聞いて、ソフィーは少し驚いている。

そりゃそうだよね。あまり他人を褒めないタイプの僕が、いくら身内とはいえベタ褒めしているんだもん。

「ふっ、楽しみにしておこう」

ソフィーは大空を仰いだ。

「ロイドも今年は生徒会長になるんだ。私と二人で頑張ろうな」

「うん……。そうだね、よろしくソフィー」

待ってるよ……アル。

あとがき

皆様、初めまして。田舎の青年と申します。

まずは、『閃光の冒険者』をご購入していただき誠にありがとうございます！

読者様方の応援のおかげで、無事刊行まで至ることができました。もちろん、担当編集T氏と双葉社様も同様です。毎日、『あぁ、私はたくさんの方々に支えてもらっているんだなぁ……』としみじみ感じております。

以降は一巻の内容を含むので、読了後に見ていただければと思います！


一巻は主に修行から始まり、様々なイベントを経て、最後は学園入試の勉強シーンで終わりましたね。その途中で人族だけでなく、従魔のエクスや星斬りなど、色んなキャラクターが登場しましたが、皆様の推しキャラは一体誰なのでしょうか？

作者の私としては、とっても気になるところであります。

シンプルに主人公のアルテ君か、それとも妹兼ヒロイン候補のレイちゃんでしょうか？

ちなみに担当編集T氏の最推しキャラはレイちゃんらしいです。以前、鼻息を荒くしながら彼女の魅力を熱弁してくださったのを未だに覚えております。やはり妹強しですね。

私は全キャラの生みの親として、彼らに優劣をつけることはできませんが、もし『この作品の魅力は何ですか？』と聞かれれば、きっとこう答えます。

『それは戦闘シーンです』……と。

私自身、バトルものが大好物なので、閃光も戦闘モリモリの内容になっております。

二巻から学園入学編に突入しますが、至る所でバトルが発生する可能性があります。


今回のイラストは「タジマ粒子」様が担当してくださいました。

控えめに言って神様です。最高のイラストをありがとうございます！

担当編集T氏に完成した表紙イラストを初めて見せていただいた時、思わず『ウホッ』と声が漏れてしまいました。その後も何度かラフ絵を確認させていただく機会があったのですが、その度に片手を天に掲げました。本当です。

最後は皆様お待ちかねの、担当編集T氏についてですが、この方も神様です。

私はズボラなので、度々迷惑を掛けてしまったのですが、すべて迅速に対応してくださいました。さすがT氏です。さすTです。またご飯誘ってくださいね。

読者様方や担当編集T氏、タジマ粒子様には本当に感謝してもしきれません。

これからも頑張りますので、是非応援していただければ幸いです。

また二巻で会えるのを楽しみにしております！


「皆、また会おう」

本書に対するご意見、ご感想をお寄せください。

あて先

〒162-8540 東京都新宿区東五軒町3-28
双葉社　モンスター文庫編集部
「田舎の青年先生」係／「タジマ粒子先生」係
もしくは monster@futabasha.co.jp まで